Über dieses Buch

Luigi Pirandello hat mit dem Roman ›Mattia Pascal‹ internationale Anerkennung, mit dem Stück ›Sechs Personen suchen einen Autor‹ Weltruhm gewonnen. In Deutschland ist der Dramatiker weit bekannter als der Romancier und Novellist. Pirandellos erzählerisches Werk steht aber an Umfang und Bedeutung nicht hinter dem dramatischen zurück. Es hat mit ihm das Sprühen des Dialogs und der Dialektik und, vor allem, das Hauptthema gemein: die Beziehung von Sein und Schein, Identität als Individuum und Wirklichkeit. Die ›Novelle per un anno‹ sind als ein Zyklus von 365 Geschichten konzipiert; 246 hat Pirandello in den Jahrzehnten von 1884 bis 1936, seinem Todesjahr, vollendet. Sie wurden in Zeitungen und Zeitschriften veröffentlicht. Die hier in der Übersetzung von Heinz Riedt vorgelegte Auswahl ist bisher in deutscher Sprache noch nicht als Buch erschienen.

Der Autor

Luigi Pirandello wurde am 28. Juni 1867 in Agrigent geboren, studierte in Palermo und Rom Philosophie und romanische Philologie, ging einundzwanzigjährig nach Bonn, wo er mit einer Dissertation in deutscher Sprache promovierte. 1892 wurde er Professor für italienische Literatur an der Lehrerbildungsanstalt in Rom. Dort gründete er 1925 das ›Teatro d'Arte‹, als dessen Leiter und Regisseur er Tourneen durch Europa und Südamerika unternahm. 1934 erhielt er den Nobelpreis. Pirandello starb am 10. Dezember 1936.

Luigi Pirandello

Novellen für ein Jahr

Eine Auswahl

Deutsch von Heinz Riedt

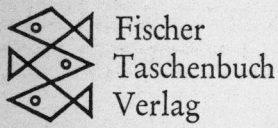

Fischer
Taschenbuch
Verlag

Fischer Taschenbuch Verlag
Februar 1973
Deutsche Erstausgabe
Umschlagentwurf: Hetty Krist
Originalausgabe mit freundlicher Genehmigung
des S. Fischer Verlages, Frankfurt am Main
© für die deutsche Übersetzung 1973 by S. Fischer Verlag, Frankfurt am Main
Gesamtherstellung: Hanseatische Druckanstalt GmbH, Hamburg
Printed in Germany
ISBN 3 436 01650 0

Inhalt

Antwort

Du hast dir alles recht von der Seele geschrieben, mein Freund!

Eigentlich ist es beklagenswert, daß du dich, deiner natürlichen Veranlagung zuwider, nicht den Musen hast widmen können. Welche Wärme in deiner Ausdrucksweise, und in welch durchsichtiger Klarheit läßt du mit wenigen Strichen Örtlichkeiten, Fakten und Personen lebendig vor Augen erstehen!

Du bist verletzt, du bist empört, mein armer Marino; und ich möchte nicht, daß diese meine Antwort dein Verletztsein und deine Empörung noch vergrößert. Doch du willst, daß ich dir offen darlege, was ich von deinem Fall halte. Ich werde es tun, um dich zufriedenzustellen, obwohl ich sicher bin, daß ich dich nicht zufriedenstellen kann.

Wenn du erlaubst, befolge ich dabei meine Methode. Zunächst resümiere ich kurz die Fakten, dann setze ich dir, mit der von dir gewünschten Offenheit, meine Meinung auseinander.

Also, der Reihe nach.

I. Personen, äußere Kennzeichen und Lebensbedingungen

a) *Signorina Anita* — Sechsundzwanzig Jahre alt (sieht aus wie knapp zwanzig; meinetwegen; aber immerhin sind es gute sechsundzwanzig). Dunkelbraunes Haar; nachtschwarze Augen:

In ihren Augen sammelt sich die Nacht abgrundtief ...
Korallenlippen; auch gut.

Und die Nase, mein Freund? Die Nase erwähnst du überhaupt nicht. Bei den Brünetten muß man vor allem auf die Nase achten; insbesondere auf die Nasenflügel.

Ich bin sicher, daß Signorina Anitas Nase ein wenig nach oben gerichtet ist. Und zwei eher fleischige Flügel hat, die sich aufblähen, wenn sie die Zähne zusammenbeißt, mit den Augen ins Leere starrt und durch die Nasenlöcher Luft holt zu einem langen, langen, stillen Seufzer.

Hast du bemerkt, wie ihre Augen sich verschleiern und die Farbe wechseln, wenn sie zu so einem stillen Seufzer ansetzt?

Sie hat sehr gelitten, die Signorina Anita, denn sie ist sehr intelligent. Sie war wohlsituiert, als ihr Vater noch lebte; jetzt aber, nach dessen Tod, ist sie arm. Und sechsundzwanzig Jahre alt. Hochgestelltes Näschen und Augen wie die Nacht.

Fahren wir fort.

b) *Mein Freund Marino* — Vierundzwanzig Jahre, zwei Jahre jünger als Signorina Anita, die vielleicht darum wie knapp zwanzig aussieht.

Auch er ist arm, auch er hat den Vater verloren. Tatsachen, die traurig, einem aber auch wert sind, so man sie mit einem lieben Menschen teilt. Übereinstimmungen, die Vorherbestimmung zu sein scheinen!

Doch Freund Marino, Halbwaise und arm, wie er ist, hat die Mutter und eine Schwester zu ernähren. Auch Signorina Anita, Halbwaise und arm, hat noch eine Mutter, aber sie ernährt sie nicht.

Daran denkt Commendator Ballesi.

Es versteht sich von selbst, daß mein Freund Marino diesen Commendator haßt.

Heißer Kopf, entflammtes Herz. Ungemein flüssige Redegabe, farbig, faszinierend, wie sein Blick aus den schönen, himmelblauen Augen. Bezeichnen wir meinen Freund Marino als den Tag und Signorina Anita als die Nacht. Er hat das Gold der Sonne im Haar und den blauen Himmel in den Augen; sie in den Augen zwei Sterne und im Haar die Nacht. Mir scheint, ich könnte mich nicht besser ausdrücken, da ich zu einem Dichter spreche.

Fahren wir fort.

Da mein Freund Marino notgedrungenerweise vernünftig sein muß, kann er sich, solange der jetzige Zustand währt (und er wird noch eine Weile währen!), nicht noch die Belastung durch eine weitere Frau aufbürden; und er muß diejenige aufgeben, die ihn am wenigsten belasten würde.

Vielleicht würde diese dritte Last ihm die beiden anderen leichter erscheinen lassen, die abzuwerfen er nicht imstande ist und auch niemals wagen würde.

Doch gibt es Leute, die behaupten, man könne zu dritt auf der Schulter eines einzigen nicht bequem und in gutem Einvernehmen Platz finden. Und auch er, der notgedrungenerweise vernünftig ist, muß dem beipflichten.

c) *Commendator Ballesi* — Alter Freund des Seligen. Womit natürlich Anitas Vater gemeint ist. Sechsundsechzig Jahre alt. Klein und schmächtig; Beinchen wie zwei Finger, doch mit gebieterischen kleinen Hacken ausgestattet. Dicker Kopf, kräftiger, herunterhängender Schnauz, unter dem nicht nur der Mund, sondern auch das Kinn verschwindet, vorausgesetzt, daß man bei Commendator Ballesi wirklich von einem Kinn reden kann. Buschige, stets zusammengezogene Augenbrauen, und einen Finger oft in der Nase. Dieser Finger denkt. Auch die Haare der Augenbrauen denken. Wie ein kleines Geschütz ist er, der Commendator Ballesi, das mit

Gedanken geladen ist. Die Finanzgeschicke des neuen Italien liegen in seinen kleinen, eisernen Fäusten.

Nun, man weiß nicht wie und warum, ist Commendator Ballesi aus heiterem Himmel darauf verfallen, seine väterliche Zuneigung zu Signorina Anita gegen eine Zuneigung anderer Art zu vertauschen. Und begehrte sie zur Frau.

Signorina Anita zerriß darob etliche Taschentücher, mit den Händen und mit den Zähnen. Mehr als Ärger noch empfand sie Schmach, Abscheu, Grauen. Die Mama hat geweint. Warum hat die Mama geweint? Vor Freude, sagte sie. Vor Freude aber, zugestanden, daß dergleichen geschieht, weint man ein wenig, und dann lacht man. Signorina Anitas Mama hat viel geweint und lacht nicht mehr. *Honi soit qui mal y pense.*

Doch kommen wir zur letzten Person.

d) *Nicolino Respi* — Dreißig Jahre, kräftig und athletisch, bekannter Schwimmer und Reiter, Ruderer, Maulheld; und obendrein unverschämt, dumm wie Bohnenstroh, Glücksspieler, Schürzenjäger ... Siehst du, mein Freund, siehst du: ich zähle dir alles auf. Ich kenne Nicolino Respi und teile dein Urteil und deinen Abscheu. Aber glaube nicht, daß ich ihm deshalb unrecht gäbe. Also gebe ich dir unrecht? Nein. Der Signorina Anita? Auch nicht. Du liebe Güte, laß mich reden, laß mich nach meiner Methode vorgehen. Glaub mir, mein Freund, dein Fall ist uralt. Neu und originell ist daran nichts als meine Methode und die Erklärung, die ich dir liefern werde. Fahren wir der Reihe nach fort.

II. *Ort und nähere Umstände*

Der Strand von Anzio, Sommer, eine Mondnacht. Davon hast du mir eine so treffliche Beschreibung gegeben, daß ich nicht wage, sie meinerseits auch noch zu beschreiben. Nur zu viele Sterne, mein Lieber. Wenn der Mond beinahe voll ist, gewahrt man nur wenige Sterne. Doch diese realen Dinge darf ein Dichter durchaus mißachten. Ein Dichter darf Sterne sehen, selbst wenn man sie nicht sieht, und umgekehrt viele Dinge übersehen, die alle andern sehen.

Commendator Ballesi hat eine Villa am Strand gemietet, und Signorina Anita geht mit ihrer Mutter baden.

Der Commendatore kommt und geht, denn er hat in Rom zu tun. Nicolino Respi hält sich ständig in Anzio auf, um zu baden und wegen des Glücksspiels; und allmorgendlich im Wasser und allabendlich am grünen Tuch zeigt er, was für ein Mordskerl er ist.

Signorina Anita muß die Flamme der Entrüstung löschen und verweilt daher lange im Wasser. Mit Nicolino Respi kann sie es zwar nicht aufnehmen, doch als tüchtige Schwimmerin entfernt sie sich im Wettstreit mit ihm vom Strand. Sie schwimmen und schwimmen. Alle Badegäste verfolgen vom Strande aus gespannt diesen Wettstreit, zunächst mit bloßem Auge, dann mit dem Fernglas.

Schließlich will die Mama das nicht länger mitansehen; sie gebärdet sich ganz erregt, sie hat Angst. O Gott, wie wird das Kind von so weit draußen wieder zurückkommen? Gewiß werden die Kräfte sie im Stich lassen ... Ogottogott! Wo ist sie bloß? Gott, so weit draußen ... man sieht sie gar nicht mehr ... Man muß sofort Hilfe ausschicken, um Gottes willen! Ein Boot, ein Boot! Auf der Stelle soll ihr jemand zu Hilfe eilen!

Und sie redet und treibt's so lange, bis zuletzt zwei wackere Burschen heldenhaft in ein Boot springen, und ab geht's mit vier Rudern.

Heilige Ahnung! Denn kurz nachdem die beiden jungen Leute entschwunden sind, bekommt Signorina Anita einen Krampf am Bein und stößt einen Schrei aus; Nicolino Respi schwimmt mit ein paar Stößen auf sie zu und stützt sie; doch Signorina Anita ist drauf und dran, ohnmächtig zu werden, und klammert sich verzweifelt an seinen Hals; Nicolino sieht sich verloren; fast geht er mit ihr zusammen unter, und um sich von ihr zu befreien, beißt er sie in seiner Verzweiflung heftig in den Hals. Da gibt Signorina Anita nach; nun kann er sie halten; schon wollen ihn die Kräfte verlassen, da kommt das Boot. Die Rettung ist vollbracht.

Doch über eine Woche lang muß Signorina Anita Nicolino Respi's Biß am Hals kurieren.

Das sind bleibende Eindrücke, mein lieber Marino!

Mehrere Tage lang kann Signorina Anita, sooft sie den Hals bewegt, nicht leugnen, daß Nicolino Respi zu beißen versteht. Dieser Biß kann ihr auch nicht mißfallen haben, denn ihm verdankt sie ihre Rettung.

Dies alles gehört in Wahrheit zur Vorgeschichte.

Oder vielleicht auch nicht. Es gehört dazu und gehört nicht dazu. Denn alles hängt davon ab, an welchem Punkt und wie man die Fakten zergliedert.

Als du, mein lieber Marino, an dem herrlichen Mondscheinabend mit todtraurigem Herzen nach Anzio kamst, um eine letzte Aussprache mit Signorina Anita herbeizuführen, die bereits offiziell mit dem Commendator Ballesi verlobt war, trug sie noch das Mal von Nicolino Respi's Zähnen am Hals.

Deinem eigenen Geständnis nach, folgte sie dir ohne Widerstreben ans Meer, verlor sich mit dir in der Ferne des einsamen Strandes, weit, weit hinaus, bis zu dem aus dem Sande ragenden Felsen. Im Mondschein, Arm in Arm, alle beide trunken von der Meeresbrise, benommen vom leisen, gleichmäßigen Plätschern der silbernen Brandung.

Wovon hast du zu ihr gesprochen? Ich weiß, von all deiner Liebe und deiner Qual; und du machtest ihr den Vorschlag, sie solle sich gegen die schändliche Erpressung des widerlichen Alten auflehnen und deine Armut mit dir teilen.

Sie aber, mein lieber Freund, entflammt, erschüttert, zerquält von deinen Worten, vermochte deine Armut nicht auf sich zu nehmen; sie wollte statt dessen, jawohl, sie wollte deine Liebe und sich damit im voraus, an diesem Abend noch, für die schändliche Erpressung des Alten rächen, der sich solchermaßen als Wucherer für seine lange erwiesenen Wohltaten an ihr schadlos zu halten gedachte.

Anständig, edel wie du bist, hast du ihr diese Rache verweigert.

Ich glaube dir, mein Freund: gewiß bist du wie ein Wahnsinniger davongelaufen. Doch in den Augen von Signorina Anita, die dort auf dem Sand im Schatten des Felsens allein zurückblieb, warst du kein Wahnsinniger, das kann ich dir versichern, in deiner wilden Flucht über den Strand im Mondschein. In ihren Augen warst du ein Trottel und Feigling.

Und, mein armer Marino, unglückseligerweise hielt sich am nämlichen Abend, in Anbetracht seiner leeren Taschen, auch Nicolino Respi, der mit dem Biß und mit der Rettung, auf dem Felsen auf, den schönen Mondschein zu besehen und alsdann das Schauspiel deiner Flucht . . .

Ein paar Worte und ein Lachen von oben genügten:

»Welch ein Trottel, nicht wahr, Signorina?«

Und er sprang hinab.

Kurz danach hattest du die Genugtuung, zusammen mit Commendator Ballesi, der zu später Stunde noch mit dem Auto aus Rom gekommen war, Nicolino Respi und Signorina Anita Arm in Arm im Mondschein zu überraschen.

Du im Kommen, er im Gehen. Angenehmer das Kommen oder das Gehen?

Und jetzt, mein lieber Freund, jetzt kommt das originelle Moment.

III. Erklärung

Du glaubst, lieber Marino, eine grausame Enttäuschung erlitten zu haben, weil du Signorina Anita unverhofft so schrecklich anders gesehen hast, als du sie kanntest und sie dir immer erschienen war. Du bist jetzt noch ganz sicher, daß Signorina Anita eine andere gewesen ist.

Vortrefflich. Eine andere ist Signorina Anita gewiß. Nicht nur das; sie ist noch viele und viele andere, nämlich so viele andere, wie die, denen sie bekannt ist und die sie kennt. Weißt du, worin dein grundlegender Fehler besteht? In deiner Meinung, daß Signorina Anita, obwohl sie eine andere ist, als du glaubst, und so viele andere ist, wie ich glaube, nicht auch heute noch diejenige ist, die du kanntest.

Signorina Anita ist die eine und eine andere und noch viele andere, denn du wirst ja wohl zugeben, daß sie diejenige, die sie für mich ist, nicht zugleich für dich ist und für ihre Mutter und für Commendator Ballesi und für alle andern, die sie kennen, jeder auf seine Weise.

Nun, hör zu. Je nach der Weise, wie er sie kennt, verleiht ihr jeder — nicht wahr? — eine bestimmte Realität. So viele Realitäten, mein Freund, die »real« und nicht nur sozusagen die Signorina Anita zu einer anderen für dich werden lassen als für mich oder für ihre Mutter oder für den Commendator Ballesi, und so fort; obwohl ein jeder von uns die Illusion hat, die wahre Signorina Anita sei lediglich diejenige, die er kennt; und obwohl auch sie selbst, ja, vor allem sie selbst, die Illusion hat, nur eine und immer dieselbe für alle zu sein.

Weißt du, woraus diese Illusion entsteht, mein Freund? Aus der Tatsache, daß wir guten Glaubens der Ansicht sind, jedes Mal und in jeder unserer Handlungen ganz wir selber zu sein; während es doch leider durchaus nicht so ist. Wir erkennen dies, wenn wir durch einen überaus unglückseligen Umstand an einer einzigen Handlung unter den vielen, die wir begehen, haften- und hängenbleiben; wir erkennen sehr wohl, will ich sagen, daß wir nicht ausschließlich aus dieser Handlung bestehen und daß es eine grausame Ungerechtigkeit wäre, uns nach ihr allein beurteilen zu wollen, uns an ihr haften und hängen zu lassen, am Pranger, ein ganzes Leben lang, als sei es in dieser einzigen Handlung zusammengefaßt.

Nun, eben diese Ungerechtigkeit begehst du, mein Freund, der Signorina Anita gegenüber.

Du hast sie in einer Realität überrascht, die anders war als diejenige, die du ihr verliehen hattest, und nun glaubst du, daß ihre wahre Realität nicht die schöne sei, die du zuvor in ihr gesehen hattest, sondern eben diese häßliche, in der du und Commendator Ballesi sie bei der Rückkehr vom Felsen mit Nicolino Respi überrascht habt.

Siehst du, mein Freund, es hat schon seinen Grund, daß du mir nie vom Stupsnäschen der Signorina Anita erzählt hast!

Dieses Näschen gehörte nicht dir. Dieses Näschen gehörte nicht *deiner* Anita. Dir gehörten die Nachtaugen, ihr leidenschaftliches Herz, ihre ausgesuchte Intelligenz. Aber nicht das verwegene Näschen mit den fleischigen Flügeln.

Dieses Näschen bebte noch in der Erinnerung an Nicolino Respis Biß. Dies Näschen wollte sich rächen für den gemeinen Zwang des alten Commendator Ballesi. Du hast ihm nicht gestattet, sich durch dich zu rächen, also hat es sich durch Nicolino gerächt.

Wer weiß, wie diese Nachtaugen jetzt weinen und wie dieses leidenschaftliche Herz blutet und wie diese ausgesuchte Intelligenz sich auflehnt: ich meine alles das, was dir gehört.

Ach, glaube mir, Marino, für sie war der Gang mit dir zum Felsen viel süßer als die Rückkehr mit Nicolino Respi.

Davon mußt du dich überzeugen lassen und dich anschicken, es dem Commendatore gleichzutun, der — du wirst sehen — der Signorina Anita verzeihen und sie heiraten wird.

Aber verlange nicht, daß sie nur die eine und ganz für dich sei. Wohl wird sie in ehrlichster Überzeugung nur die eine und ganz für dich sein; doch eine andere, und nicht minder ehrlich, für den Commendator Ballesi. Denn es gibt nicht nur eine Signorina oder eine Signorina Anita, mein Freund.

Das mag nicht schön sein, aber es ist wahr.

Und sieh zu, daß Nicolino Respi, seine Zähne zeigend, dieses Stupsnäschen niemals besuchen kommt.

Die kleine Madonnenstatue

Eine Spielzeugschachtel, eine von denen mit hobelspänenbewipfelten Bäumchen, unterm Stamm ein angeklebtes Holzscheibchen, damit sie stehenbleiben, und mit würfelförmigen Häuschen und mit einem Kirchlein samt Kirchturm und mit allem Drum und Dran: nun, stellt euch vor, man hätte eine solche Schachtel dem Jesuskind in die Hand gegeben, und das Jesuskind hätte sich damit vergnügt, diese kleine Pfarrei für den Benefiziaten Fiorìca zu bauen; gerade gegenüber das schlichte, Sankt Peter geweihte Kirchlein; hier das Pfarrhaus mit drei Fensterchen, beschirmt von gestärkten Musselingardinchen, die man hinter den Scheiben sehen konnte und die die Reinheit und Ruhe der stillen, sonnigen Zimmer ahnen ließen; daneben das Gärtchen mit der Weinlaube und den japanischen Mispelbäumen und dem Granatapfelbaum und den Apfelsinenbäumen und den Zitronenbäumen; und ringsherum die bescheidenen Häuschen seiner Pfarrkinder, getrennt durch Gassen und Gäßchen mit einer Menge Tauben, die von Traufe zu Traufe flatterten; und mit einer Menge Kaninchen, die längs der Mauern geduckt und zitternd umherspähten, und mit gefräßigen, streitsüchtigen Hühnchen und mit immer ein wenig verschüchterten Schweinchen, wie man weiß, die über die eigene übermäßige Fettleibigkeit ärgerlich zu sein schienen.

Hätte sich der Benefiziat Fiorìca je träumen lassen, daß in eine so beschaffene Welt der Teufel von irgendwoher einzudringen vermöchte?

Und doch tat's der Teufel nach Belieben, wann immer

ihn das Gelüst überkam, verstohlen und ohne jede Mühe, in der Gewißheit, für einen braven Mann oder eine brave Frau oder oft auch für irgendein harmloses Ding gehalten zu werden. Man kann sogar sagen, daß Benefiziat Fiorìca den lieben langen Tag in Gesellschaft des Teufels verbrachte, ohne es zu merken. Er konnte es schon darum nicht merken, muß man hinzufügen, weil nicht einmal der Teufel es fertigbrachte, ihm übel mitzuspielen: er machte sich nur einen Spaß daraus, ihn in kleine Versuchungen zu führen, die, nachdem sie entdeckt, ihm wahrlich nicht mehr Schaden zufügten als ein wenig Spott von seiten seiner Pfarrkinder und Amtsbrüder und Vorgesetzten.

Eines schönen Tages, um nur ein Beispiel zu nennen, verleitete dieser erzverdammte Teufel eine alte Dame aus dem Pfarrsprengel, die zu den Jubiläumsfeierlichkeiten nach Rom gereist war, dem Benefiziaten Fiorìca eine schöne, beinerne Schnupftabaksdose mitzubringen, auf deren Deckel das Bild des Heiligen Vaters in Lack gemalt war. Nun, möchte man's für möglich halten? Der Böse nahm Wohnung darin, allem Schutz durch das Bildnis zum Trotz, und über einen Monat lang versuchte er den Benefiziaten Fiorìca während der Vesper, wenn dieser den Gläubigen vor dem Segen recht und schlecht seine kleine Predigt hielt, vom Innern der Schnupftabaksdose aus:

»Nun, wie wär's mit einer kleinen Prise? Lassen wir sie doch mal sehen, die schöne Schnupftabaksdose ... Zur Freude der Dame, die sie dir geschenkt hat und die zu dir heraufsieht ... Nur eine ganz kleine Prise!«

Und also und immer wieder mit solcher Ausdauer, daß Benefiziat Fiorìca, der noch nie geschnupft und nur ganz schüchtern seit dem Tag damit begonnen hatte, da ihm dieses Präsent überreicht worden war, ja, daß er schließlich nachgeben und die Schnupftabaksdose mitsamt dem großen, baumwollenen, geblümten Schnupf-tuch aus der Tasche ziehen mußte. Resultat: eine Unter-brechung der kleinen Predigt durch eine Kette von min-destens vierzig Niesern und durch wütendes und ge-räuschvolles Schneuzen, was das ganze Kirchlein zum Lachen brachte.

Aber am ärgsten war's doch, als dieser vermaledeite Teufel sich ins Herz einer gewissen Marastella ein-schlich, welche eine arme Schwachsinnige war, ein Kind noch mit ihren dreißig Jahren, wunderschön und der ganzen Nachbarschaft lieb, die über ihre unbeschreib-liche Gutgläubigkeit lachte, stets völlig entrückt wie sie war in einem endlosen, sehnsüchtigen Staunen. Er schlich sich also ins Herz besagter Marastella und machte, daß sie sich *coram populo* in den Benefiziaten Fiorìca verliebte, der bereits sechzig Lenze zählte und schneeweißes Haar hatte.

Wenn das arme Kind in der Kirche seiner ansichtig wurde, sei es am Altar während des Gottesdienstes oder auf der Kanzel während der Predigt, weinte sie dicke Tränen, nur so aus Rührung, und ließ nicht ab, auszu-rufen, während sie sich mit beiden Händen an die Brust schlug:

»Oh, Heilige Maria, wie schön er ist! Dieser Mund von Honig! Diese Augen voller Sonne! Meiner Seel', wie er spricht und wie er um sich blickt!«

Das wäre ein Skandal gewesen, hätte nicht jedermann darüber gelacht, da man die heilige Keuschheit des Bene-fiziaten und die Unschuld der armen Schwachsinnigen kannte.

Eines Tages aber, als Marastella den Benefiziaten aus der Kirche kommen sah, kniete sie mitten auf dem klei-nen Platz nieder, ergriff seine Hand, küßte sie ganz hin-gerissen und führte sie alsdann über ihr Haar, übers ganze Gesicht bis unter den Hals und seufzte:

»Oh, Hochwürden, nehmen Sie dieses Feuer von mir, ich flehe Sie an! Ich flehe Sie an, nehmen Sie dieses Feuer von mir!«

Der arme Hochwürden Fiorìca, verwirrt, höchst erstaunt über das arme Mädchen gebeugt, versuchte nicht einmal, die Hand zurückzuziehen, und fragte:

»Was für ein Feuer, Marastella, was für ein Feuer denn, meine Tochter?«

Und vielleicht hätte er immer noch nicht begriffen, wären nicht aus allen Häuschen ringsum die Nachbarinnen herbeigelaufen und hätten die Schwachsinnige mit so deutlichen Worten und Gebärden hochgerissen, daß Hochwürden Fiorìca, bleich, fassungslos, mit beiden Händen zitternd das Kreuz schlug und flüchtete.

Diesmal hatte sich der Teufel freilich allzu sehr bloßgestellt. Jedermann erkannte sein Werk in Marastellas Wahnsinnstat. Also ersann er sich etwas anderes, was dem Benefiziaten Fiorìca den größten Schmerz seines Lebens bereiten sollte.

Daß er Guiduccio verlieren sollte. Hört zu.

Guiduccio war ein neunjähriger Knabe, einziger Sohn der namhaftesten Familie in der Pfarrei: der Familie Greli.

Benefiziat Fiorìca trug seit Jahren schon den Stachel im Herzen, daß diese Familie sich von der Heiligen Kirche fernhielt, nicht weil sie dem Glauben ernstlich feind gewesen wäre, sondern weil jene, die Kirche nämlich, nach Signor Greli's Ansicht (der Garibaldiner gewesen war, genuesischer Carabiniere in der Kampagne von 1860 und in der Schlacht von Milazzo am Arm verwundet), dem Vaterland hartnäckig feind blieb; Grund genug für einen Patrioten wie Signor Greli, keinen Fuß mehr hineinzusetzen.

In die Politik hatte sich Hochwürden Fiorìca freilich

niemals eingemischt, und so konnte er nicht fassen, wieso Vaterlandsliebe die Ursache dafür sein konnte, daß Guiduccios Mutter, seine ältere Schwester und Guiduccio selber nicht wenigstens an den Sonntagen und höheren Feiertagen zur heiligen Messe in die Kirche kamen. Auf Beichte oder Kommunion wollte er schon gar nicht pochen. Aber die heilige Messe zumindest am Sonntag, großer Gott! Und, wie gewöhnlich von dem vermaledeiten Teufel versucht, der vor und hinter ihm herlief wie sein eigener Schatten, bemühte er sich, die Gunst des Signor Greli zu erlangen.

»Da kommt er vorbei! Tu nicht so, als ob du ihn nicht sehen würdest. Grüße ihn, grüße ihn als erster: eine hübsche Verneigung in demütiger Würde!«

Hochwürden Fiorìca gehorchte flugs der Einflüsterung des Teufels: er verneigte sich lächelnd; doch Signor Greli antwortete mit finsterer Miene nur gerade eben und in mürrischer Härte auf diese Verneigung und dieses Lächeln. Und der Teufel jubilierte darob, wie jeder weiß.

Nun, an einem Sommernachmittag, Vorabend eines hohen Festtags, wußte der Teufel, daß Signor Greli müde von der morgendlichen Arbeit heimgekommen war und sich zu Bett gelegt hatte, um seine Kräfte durch einige Stündchen Schlaf wiederherzustellen; und was tat er da? Ungesehen stieg er mit ein paar Lausbuben zusammen auf den Turm des Kirchleins von Sankt Peter und läutete aus Leibeskräften, läutete alle Glocken mit so hohnvollem Ingrimm, daß Signor Greli, der leidenschaftlichen Gemüts war und sich gar leicht vom Zorne hinreißen ließ, es schließlich nicht länger aushielt, aus dem Bette sprang und, hemdsärmlig und in Unterhosen, wie er war, und mit dem Gewehr bewaffnet, auf die Terrasse hinaufstürmte und — jawohl, meine Herrschaften — das Sakrileg beging, auf die heiligen Kirchenglocken zu schießen.

Er traf die rechte von den dreien, die am lautesten schallte: Zielsicherheit des ehmals genuesischen Carabiniere! Doch armes Glöcklein! Es wirkte wie ein Hündchen, das, hinterrücks von einem Stein getroffen, während es lärmend seinen Herrn begrüßt, sein freudiges Gebell jäh in schrilles Wehklagen wandelt. Die Gläubigen alle, die sich zum Fest vor der Kirche versammelt hatten, erhoben sich im Tumult, erbost über die Gotteslästerung. Und es war eine wahre Gottesgnade, daß es dem Benefiziaten Fiorìca, der ganz erschüttert und noch in die heiligen Meßgewänder gekleidet herbeigelaufen war, gelang, mit seiner Autorität zu verhindern, daß die Gewalttätigkeit seiner aufgebrachten Pfarrkinder zum Ausbruch kam und sich über Grelis Haus entlud. Er hielt sie rechtzeitig zurück und beschwichtigte sie, indem er sich dafür verbürgte, daß Signor Greli der Kirche eine neue Glocke stiften und ein anderes, noch feierlicheres Fest zur Glockenweihe stattfinden würde.

Damals war Guiduccio Greli zum ersten Mal in das Kirchlein von Sankt Peter gekommen.

In Wahrheit wäre es dem Benefiziaten Fiorìca lieb gewesen, wenn die Glocke Signora Greli oder zumindest eine der Töchter, die ältere, die etwa achtzehn Jahre alt sein mochte, zur Taufpatin bekommen hätte. Doch in seinem innersten Herzen war er Signor Greli dann doch dankbar, daß dieser seinem Wunsche nicht hatte entsprechen wollen, alldieweil er das Wunder sah, das die Glockenweihe in der Seele des kleinen Knaben bewirkte.

Vielleicht war es die Hochstimmung des Festes oder die Zuneigung, die ihm alle Gläubigen des Sprengels entgegenbrachten; oder eher noch der Klang, den er als erster jener geweihten Glocke entlockte, oben auf dem Glockenturm, im lichten Azur des Himmels. Tatsache ist,

daß von jenem Tage an die Stimme der Glocke ihn allmorgendlich zur Frühmesse in die Kirche rief. In aller
Heimlichkeit sprang er aus dem Bett, sobald er diese
Stimme vernahm, um eilig die alte Magd zu suchen, damit sie ihn mitnähme.

»Und wenn dein Papa es nicht haben will?« fragte die
Magd.

Doch Guiduccio bestand darauf, bei jedem Schlag der
Glocke erschauernd, die weiterhin gedämpft in die
Nacht hinein rief. Und in der engen Gasse, die noch von
nächtlichem Dunkel erfüllt war, drängte er sich an die
alte Magd, und auf dem kleinen Kirchplatz hob er die
Augen zum Glockenturm, und dem geheimnisvollen
Staunen, das ihn überkam, antwortete der nicht minder
geheimnisvolle Trost, der ihm, in die Kirche eingetreten,
von den stillen, am Altar brennenden Kerzen in der
Kühle des feierlichen, vom Weihrauchduft erfüllten
Dämmer zuteil wurde.

Das erste Mal, als Benefiziat Fiorìca, da er sich vom
Altar zu den Gläubigen umwandte, ihn vor sich sah, wie
er an der Brüstung kniete, die großen, von kastanien-
braunen Locken umrahmten Augen noch starr, aufgeris-
sen und glänzend in schier göttlichem Wahne, da durch-
fuhr ihn ein Schauer von Zärtlichkeit, und er mußte sich
Gewalt antun, um der Versuchung zu widerstehen, vom
Altar hinabzusteigen und dieses Engelsgesicht und diese
gefalteten Händchen zu streicheln.

Nach der Messe machte er der Alten ein Zeichen, das
Kind in die Sakristei zu bringen; dort nahm er es in die
Arme, küßte es auf Stirn und Haar, zeigte ihm einzeln
alle Kirchengeräte und Paramente, die langen Meßge-
wänder mit den Stickereien und goldenen Fransen, die
Chorhemden, die Mitren, die Manipeln, die alle nach
Weihrauch und Wachs dufteten; sodann überredete er
ihn mit sanfter Stimme, der Mama zu gestehen, daß er

an diesem Morgen auf den Ruf seiner heiligen Glocke hin in die Kirche gegangen sei, und sie um die Erlaubnis zu bitten, wiederkehren zu dürfen. Schließlich — ebenfalls vorausgesetzt, daß die Mama es erlaubte — lud er ihn ins Pfarrhaus ein, die Blumen im Gärtchen zu betrachten, die bunten Vignetten in den Büchern und die Heiligenbildchen sowie auch ein paar Geschichtchen anzuhören.

Guiduccio kam jeden Tag ins Pfarrhaus, gespannt auf die Geschichten der Heiligen Schrift. Und wie Benefiziat Fiorìca diese aufgerissenen, aufmerksamen, brennenden großen Augen in dem bleichen, forschen Gesichtchen vor sich sah, bebte er vor Rührung ob der Gnade, die Gott ihm zuteilwerden ließ, sich am wundersamen Aufblühen des Glaubens in dieser reinen Kinderseele zu ergötzen; und wenn Guiduccio auf dem Höhepunkt der Geschichten vor innerer Erregung nicht länger an sich halten konnte und ihm die Arme um den Hals schlang und sich zitternd an seine Brust warf, da empfand er ein solches Frohlocken und zugleich solche Bestürzung, daß es ihm tief ins Herz schnitt und er weinend ausrief, während er die Hände auf den Rücken des Kindes preßte: »Oh, mein Sohn! Was mag Gottes Plan mit dir sein?«

Aber ja! Indessen lauerte der Teufel hinter dem Sessel, auf dem Benefiziat Fiorìca saß und Guiduccio auf den Knien hielt; und Benefiziat Fiorìca merkte wie gewöhnlich nichts davon.

Mein Gott, dabei hätte er doch sehen müssen, wie hie und da ein leiser Schatten über des Knaben Antlitz flog und ihn die Brauen ein wenig runzeln ließ. Dieser Schatten, dies Runzeln der Augenbrauen rührte von der gutmütigen Nachsicht, mit der er gewisse Begebenheiten der Heiligen Schrift verschleierte und entschuldigte; gutmütige Nachsicht, die das empfindsame Gemüt des Knaben zutiefst verstörte, das zu Haus vielleicht schon mißtrauisch gestimmt und von Vater und Schwestern vielleicht gar schon verlacht worden war.

Und also zog der Teufel seinen Vorteil aus diesen und vielen anderen kleinen Anzeichen, die der Aufmerksamkeit von Hochwürden Fiorìca entgingen.

In dem der Heiligen Jungfrau gewidmeten Monat Mai wurde im Kirchlein des Heiligen Peter nach Predigt und Rosenkranz und Segen und dem von Orgelspiel begleiteten gemeinsamen Abgesang der Marienlieder eine kleine wächserne Madonnenstatue in einer Glasglocke unter den Gläubigen verlost.

Frauen und Kinder, die kniend die Lieder sangen, hielten die Augen starr auf die kleine Madonna gerichtet, die zwischen den brennenden Wachslichtern und den im Übermaß gestifteten Rosen auf dem Altar stand; und ein jeder wünschte sehnlichst, die Statue möge ihm durch das Los zuteil werden. Nicht wenige Frauen freilich, die voller Bewunderung sahen, mit welcher Inbrunst Guiduccio vor ihnen allen betete, hätten gewünscht, daß die kleine Madonnenstatue nicht einer von ihnen, sondern dem Knaben zufallen möge. Und insonderheit wünschte dies natürlich Benefiziat Fiorìca.

Die Lose kosteten einen Soldo das Stück. Der Sakristan hatte wochentags den Verkauf zu besorgen, und auf jeden Zettel schrieb er den Namen des Käufers. Am Sonntag wurden dann alle Lose, zusammengerollt, in eine gläserne Urne getan; Benefiziant Fiorìca senkte die Hand hinein, mischte sie im gespannten Schweigen aller knienden Gläubigen ein wenig, zog dann eins heraus, hielt es hoch, wickelte es auf und las durch die auf seiner Nasenspitze sitzende Brille hindurch den Namen vor. Sodann wurde die Madonna in Prozession unter Gesängen und Trommelwirbel in das Haus des Ausgelosten geleitet.

Hochwürden Fiorìca malte sich Guiduccios Jubel aus, falls sein Name aus der Urne gezogen würde; und wie er ihn da vor dem Altar knien sah, hätte er beim Mischen in der Urne gewünscht, daß seine Finger durch ein Wunder das kleine Los mit Guiduccios Namen herausfinden sollten. Und fast war er ungehalten über die Großzügigkeit des Knaben, der mit der halben Lira, die ihm die Mutter allsonntäglich gab, zehn Lose hätte kaufen können und sich statt dessen mit einem einzigen begnügt hatte, um den anderen Knaben gegenüber nicht im Vorteil zu sein, für die er selbst noch mit den restlichen neun Soldi Lose erworben hatte.

Und wer vermochte zu sagen, ob die kleine Madonnenstatue, wenn sie so feierlich in Grelis Haus Einzug hielte, nicht die Macht haben würde, die ganze Familie mit der Kirche zu versöhnen!

Also versuchte der Teufel den Benefiziaten Fiorìca. Aber er tat noch ein übriges. Als der letzte Maiensonntag gekommen war und mit ihm der feierliche Augenblick der Ziehung, schlich er sich, als er ihn zum Altar hinaufschreiten sah, auf der neben der gläsernen Urne mit den Losen die kleine wächserne Madonna stand, hinter ihn und, jawohl, meine Herrschaften, blies ihm ein, den Namen Guiduccio Greli vom herausgezogenen Los abzulesen. Beim Beifallssturm aller Gläubigen wurde Guiduccio jedoch zunächst glühendrot, dann plötzlich bleich, runzelte die Brauen über seinen großen, umschatteten Augen, wurde von einem krampfhaften Zittern gepackt, verbarg sein Gesicht in den Armen, entschlüpfte den ihn umdrängenden Frauen, die ihn zum Glückwunsch küssen wollten, floh aus der Kirche und floh immer weiter, bis er zu Hause Zuflucht fand, wo er sich in die Arme seiner Mutter warf und in leidenschaftliche Tränen ausbrach. Kurz danach, als er von der Gasse her den Trommelwirbel vernahm und den Chorgesang der Gläubigen, die ihm die kleine Madonnenstatue ins Haus brachten, stampfte er mit den Füßen, wand sich in den Armen der Mutter und der Schwestern und rief:

»Es ist nicht wahr! Es ist nicht wahr! Ich will sie nicht! Schickt sie fort! Es ist nicht wahr! Ich will sie nicht!«

Folgendes war geschehen: von den zehn Soldi, die seine Mutter ihm am Sonntag zu geben pflegte, hatte Guiduccio wie gewohnt schon neun den armen Jungen des Pfarrsprengels gegeben, damit auch sie an der Verlosung teilnehmen könnten; als er dann mit dem letzten armseligen Soldo, der ihm geblieben, zur Sakristei ging, trat ein ganz zerzauster und barfüßiger kleiner Junge auf ihn zu, der, seit drei Wochen krank, nicht am Fest und an den vorangegangenen Auslosungen der Madonnenstatue hatte teilnehmen können, und wie der Guiduccio mit seinem letzten Soldo in der Hand kommen sah, fragte er, ob der nicht für ihn wäre. Und Guiduccio gab ihn her.

Schon gar viele Male hatte Signor Greli daheim im Scherz seinen Sohn ermahnt:

»Paß ja auf, Duccio! Ich seh' dich schon mit der Tonsur! Duccio, paß auf: dein Pfaff will dich doch nur ködern!«

Und in der Tat, warum erhielt er die kleine Madonna, wo doch an diesem letzten Sonntag kein Los seinen Namen getragen hatte?

Um den Gemütsaufruhr ihres Sohnes zu beschwichtigen, gebot Signora Greli, die kleine Madonna augenblicklich in die Kirche zurückzuschicken; und von Stund an bekam Benefiziat Fiorìca den Guiduccio Greli nicht mehr zu Gesicht.

Der Wärmtopf

Die schwarzen Steineichen, die, in zwei Reihen um den großen, rechteckigen Platz herumgepflanzt, im Sommer Schatten spendeten, wozu waren sie im Winter gut? Um bei jedem noch so kleinen Windstoß das nach dem Regen im Laub verbliebene Wasser über die Passanten auszuschütten. Und auch, um Papa-re's ärmlichen Kiosk immer mehr vermodern zu lassen.

Doch abgesehen von diesem übrigens reparierbaren Übel, das sie im Winter verursachten, waren sie dann wenigstens im Sommer von Nutzen, vermochten sie Kühlung zu bringen? Nein. Folglich? Folglich nimmt der Mensch, so ihm irgend etwas paßt, es einfach hin, ohne jemandem dafür zu danken, als habe er ein Anrecht darauf; geht ihm jedoch das geringste gegen den Strich, wird er aufgebracht und fängt zu schreien an. Ein reizbares und undankbares Tier ist der Mensch. Du lieber Gott, man brauchte eben nicht unter den Steineichen vorbeizugehen, wenn es gerade geregnet hat.

Es trifft ja zu, daß Papa-re im Sommer, in seinem Kiosk, vom Schatten der Steineichen nicht profitierte. Er konnte auch nicht davon profitieren, weil er sich tagsüber nie darin aufhielt, weder im Sommer noch im Winter. Was er tagsüber trieb und wo er sich da befand, war für alle ein Geheimnis. Er kam immer durch die Via San Lorenzo, und er kam von weither, mit düsterem Gesicht. Der Kiosk war stets verschlossen, und Papa-re, der kaum einen Nutzen davon hatte, entrichtete dafür die Steuer, die auf allen Immobilien lastet.

Es mochte wie Spott und Hohn klingen, daß dieser, Papa-re gehörende Kiosk als »unbewegliches Gut« bezeichnet wurde, wo er doch schon fast von selbst davonlief, mit all den Holzwürmern, die anstelle des immer abwesenden Eigentümers in ihm hausten. Doch der Fiskus schert sich nicht um Holzwürmer. Auch wenn der Kiosk von selbst über den Platz und durch die Straßen spaziert wäre, hätte man ihn doch stets wie jedes andere wahrhaft *unbewegliche* Gut steuerlich veranlagt.

Hinter dem Kiosk, etwas weiter drüben, befand sich ein sogenanntes Café, ein hölzernes Bauwerk, oder — mit Verlaub des Eigentümers — richtiger, eine im Jugendstil bemalte Baracke, die diesen Anspruch erhob, in der bis spät in die Nacht hinein sogenannte Chansonnetten laut und schrill ihre Lieder sangen, begleitet von einem verstimmten Pianino, dessen Tasten vergilbt waren wie die Zähne eines armen Mannes, dessen Beruf es ist zu fasten ... Ach was, wie sollten sie laut singen, die Ärmsten, wo sie nicht einmal genug Atem hatten, um zu sagen: »Ich bin hungrig«?

Und doch war dieses Konzertcafé jeden Abend gerüttelt voll von Besuchern, die, mit von Rauch und Tabakgestank erstickter Kehle wie im Karneval ihren Spaß hatten an den ungeschickten und bejammernswerten Grimassen, am affektierten, an schwindsüchtige Affen erinnernden Gebaren dieser unglückseligen Weiber, die, da ihre Stimme sich nicht zu erheben vermochte, die Arme und öfter noch die Beine in alle Himmelsrichtungen schwenkten. (*»Gut! Bravo! Noch einmal!«*) Und man ergriff Partei für die eine oder die andere und legte soviel Leidenschaft und Erbitterung in die Beifalls- oder Mißfallenskundgebungen, daß schon mehrmals die Polizei hatte gerufen werden müssen, um die in Handgreiflichkeiten ausgearteten Temperamentausbrüche zu beschwichtigen.

Für dies löbliche Publikum harrte Papa-re im Winter allnächtlich bis nach ein Uhr aus, wobei er in seinem

Kiosk vor Kälte schier verging, hinter seiner Ware eingenickt: Zigarren, Stearinkerzen, Streichholzschachteln,
Kerzenanzünder für die Treppen und die paar Abend-
zeitungen, die ihm nach seinem gewohnten Gang durch
die Straßen noch verblieben waren.

Gegen Abend erschien er an seinem Kiosk und wartete,
bis ein kleines Mädchen, sein Enkelkind, ihm einen großen, irdenen Wärmtopf brachte; er faßte ihn am Stiel
und rüttelte ihn mit ausgestrecktem Arm ein wenig hin
und her, um das Feuer neu zu entfachen; dann bedeckte
er dieses mit etwas Asche, von der er stets einen kleinen
Vorrat im Kiosk hatte, und ließ es vor sich hin glim-
men, ohne sich die Mühe zu machen, die Tür mit dem
Schlüssel abzuschließen.

Ohne diesen Wärmtopf hätte er der nächtlichen Kälte
nicht so viele Stunden lang widerstehen können, Papa-re,
alt und hinfällig, wie er nunmehr war.

Ach, wie konnte einer noch Zeitungsverkäufer sein, ohne ein paar gesunde Beine, ohne eine schmetternde
Stimme? Aber nicht allein die Jahre hatten ihm so übel
mitgespielt, und nicht nur seine Gliedmaßen waren vom
Alter bresthaft geworden; auch die Seele, infolge so manchen Ungemachs, armer Papa-re. Das erste Ungemach
war, wie jeder weiß, die Entthronung des Heiligen Vaters; sodann der Tod seiner Frau; dann derjenige seiner
einzigen Tochter; ein furchtbarer Tod in einem wider-
wärtigen Krankenhaus, nach der Entehrung und der
Schande, durch welche dieses kleine Mädchen zur Welt
gekommen war, für das er jetzt lebte und sich weiter
plagte. Hätte er nicht für dieses arme, unschuldige Kind
zu sorgen gehabt . . .

Ein Abbild des Schicksals, das Papa-re in seinem Alter
bedrückte und erdrückte, war sein großer, schmutzstar-
render und verbeulter Hut, der, viel zu weit, ihm bis
in den Nacken und über die Augen rutschte. Wer moch-

te ihm den Hut geschenkt haben? Wo hatte er ihn aufgetrieben? Wenn Papa-re unter diesem Hut mitten auf dem Platz stand und die Augen zusammenkniff, schien er sagen zu wollen: »Da bin ich also. Seht ihr? Wenn ich leben will, muß ich unter diesem Hut stehen, der auf mir lastet und mir den Atem nimmt!«

Wenn ich leben will! Wenn es nach ihm gegangen wäre, hätte er gar keinen Grund gehabt, noch länger leben zu wollen: er hatte es verdammt satt; und er hatte so gut wie keine Einkünfte mehr. Früher hatte man ihm die Zeitungen dutzendweise gegeben; jetzt erhielt er vom Verteiler nur noch ein paar lumpige Exemplare, die übriggeblieben waren, aus Mitleid, nachdem alle andern Verkäufer beliefert waren, die sich schreiend darum rissen, als erste ihre paar Dutzend zu bekommen, damit sie die Tour bald hinter sich hatten. Um im Gedränge nicht erdrückt zu werden, blieb Papa-re ganz hinten stehen und wartete, bis auch die Frauen vor ihm beliefert waren; ein paar Flegel schlugen ihm des öfteren mit der flachen Hand auf den Hut, er nahm's in aller Ruhe hin und trat zur Seite, um nicht von den andern angerempelt zu werden, die, nachdem sie ihren Teil erhalten, mit gesenktem Kopf blindlings in alle Richtungen davonstoben. Er sah sie losrasen, wie aus der Pistole geschossen, seufzte und schwankte auf seinen armen, krummen Beinen.

»Da, Papa-re! Teil das aus, zwei Dutzend heute abend! Revolution in Rußland!«

Papa-re zuckte die Achseln, kniff die Augen zusammen, nahm seinen Packen und machte sich als letzter auf den Weg, wobei auch er sich mühte, mit diesen seinen Beinen schnellen Schritts zu laufen und seine Stimme zum Schreien zwang:

»*La Tribuuuna!*«

Dann, in verändertem Tonfall:

»*Revolution in Rußlaaand!*«

Und schließlich, beinahe für sich:

»Wichtig heute abend, die *Tribuna*!«

Gott sei Dank waren ihm zwei Portiers in der Via Volturno, dazu einer in der Via Gaeta und ein anderer in der Via Palestro treu geblieben und warteten auf ihn. Die andern Exemplare mußte er so verkaufen, auf gut Glück, während er den ganzen Macao-Bezirk abklapperte. Müde und atemlos verkroch er sich gegen zehn Uhr in seinem Kiosk, wo er schlafend wartete, bis die Gäste das Café verließen. Er hatte dieses verflixte Gewerbe satt bis über die Ohren! Doch was gibt es schon für einen Ausweg, wenn man alt ist? Man kann sich noch so sehr den Kopf zerbrechen, man findet keinen. Dort, die große Mauer am Pincio allenfalls.

Wenn er gegen Sonnenuntergang seine kleine Enkelin fast barfuß ankommen sah und, armes Geschöpf, in einen alten Wollschal gewickelt, den eine Nachbarin ihr geschenkt hatte, reute Papa-re auch die geringe Ausgabe für das Feuer, das ihm doch unentbehrlich war. Er hatte kein anderes Gut mehr auf der Welt als dieses Kind und diesen Wärmtopf. Und wenn er sie beide kommen sah, lächelte er ihnen von weitem zu und rieb sich die Hände dabei. Er küßte die Enkelin auf die Stirn und rüttelte den Wärmtopf hin und her, um die Glut zu beleben.

Vor ein paar Abenden jedoch, sei es, daß seine Seele abgestumpfter war als sonst, oder daß er sich noch matter fühlte, war ihm der Wärmtopf beim Rütteln plötzlich aus der Hand geglitten und mitten auf dem Platz zerschellt. »Plumps!« Ein tolles Gelächter der Vorübergehenden begleitete diesen Fall und diesen Knall, wegen des Gesichtes, das Papa-re machte, als er den treuen Gefährten seiner kalten Nächte aus seiner Hand gleiten sah, und wegen der Einfalt des kleinen Mädchens, das unwillkürlich auf den Topf zugelaufen war, als ob es ihn in der Luft hätte auffangen wollen.

Großvater und Enkelkind sahen sich benommen an. Papa-re mit ausgestrecktem Arm, wie er eben noch den Wärmtopf gerüttelt hatte. Oh, er hatte ihn zu heftig bewegt! Und die glühende Kohle lag nun brutzelnd zwischen den Scherben, in einer Regenlache.

»Nur immer lustig!« sagte er schließlich, als er wieder zur Besinnung gekommen war, und schüttelte den Kopf. »Ja, lacht nur. Auch ich werde es lustig haben heute nacht. Geh jetzt, meine Nena, geh! Vielleicht ist es sogar besser so!«

Und er trollte sich zu seinen Zeitungen.

Anstatt sich gegen zehn Uhr in seinem Kiosk zu verkriechen, machte er an diesem Abend eine größere Tour durch die Straßen des Macao-Bezirks. Er würde sie kalt vorfinden, seine nächtliche Heimstatt, und wenn er so unbeweglich dort saß, würde ihm noch kälter werden. Aber zuletzt war er doch müde. Ehe er den Kiosk betrat, hatte er das Bedürfnis, noch einmal die Stelle auf dem Platz zu betrachten, wo ihm der Wärmtopf ausgerutscht war, als könnte er von daher ein bißchen Wärme mitnehmen. Aus dem Café drangen die schrillen Töne des Pianinos und hin und wieder Beifallklatschen und Pfiffe der Gäste. Papa-re, den Kragen seines zerschlissenen Mantels bis über die Ohren gezogen, die vor Kälte starren Hände mit den paar, ihm noch verbliebenen Zeitungen an die Brust gepreßt, stand eine ganze Weile da und starrte durch die beschlagene Glastür hinein. Wohlig mußte einem sein, dort drinnen, mit einem kleinen Punsch im Leib. Brrr! Wieder hatte sich der Nordost aufgemacht, der einem ins Gesicht schnitt und selbst die Pflastersteine des Platzes auslaugte. Nicht eine Wolke stand mehr am Himmel, und es war, als bebten auch die Sterne dort oben vor Kälte. Papa-re sah seufzend zu

seinem schwarzen Kiosk unter den schwarzen Steineichen hinüber, klemmte sich die Zeitungen unter
die Achsel und trat hinzu, um den Fensterladen ab-
zunehmen.

»Papa-re!« rief es da mit heiserer Stimme aus dem Innern des Kioskes.

Der alte Zeitungsträger fuhr zusammen und beugte sich
vor, um hineinzusehen.

»Wer ist da?«

»Ich, Rosalba. Wo ist denn dein Wärmtopf?«

»Rosalba?«

»Vignas. Erinnerst du dich nicht mehr? Rosalba Vignas.«

»Ach so«, erwiderte Papa-re, der sich nur dunkel an all
die sonderbaren Namen der vergangenen und gegen-
wärtigen Café-Chansonnetten erinnerte. »Warum gehst
du nicht ins Warme? Was machst du hier?«

»Ich hab auf dich gewartet. Kommst du nicht rein?«

»Was willst du von mir? Komm vor.«

»Ich will nicht vorkommen. Ich hab mich hier unter dem
Tischchen hingehockt. Komm rein. Wir machen's uns
gemütlich.«

Papa-re ging um den Kiosk, den Fensterladen in der
Hand, und trat, sich bückend, durch das Türchen ein.

»Wo bist du denn?«

»Hier«, sagte die Frau.

Er konnte sie nicht sehen, versteckt wie sie war unter
dem kleinen Tisch, auf dem Papa-re Zeitungen, Zigarren, Streichholzschachteln und Kerzen auszulegen pflegte. Sie hockte an der Stelle, wo der Alte gewöhnlich
seine Füße ausstreckte, wenn er auf dem hohen Stuhl
saß.

»Und der Wärmtopf?« fragte die Frau noch einmal von
unten herauf. »Benutzt du ihn nicht mehr?«

»Halt den Mund. Er ist mir heute zerbrochen. Er ist mir
beim Schütteln aus der Hand gerutscht.«

»Na, so was. Du willst wohl umkommen vor Kälte? Ich hab' mich auf deinen Wärmtopf verlassen. Los, setz dich. Ich mach' dir warm, Papa-re.«

»Du? Was fällt dir ein, daß du mir jetzt noch warm machen willst. Ich bin ein alter Mann, meine Tochter. Geh nur, geh. Was willst du von mir?«

Die Frau brach in schrilles Lachen aus und packte ihn am Bein.

»Geh, laß das!« wehrte Papa-re ab. »Gemeines Stück! Hast du getrunken?«

»Ein bißchen. Setz dich. Du wirst sehen, wir haben beide Platz. Ja, so . . . steig nur hinauf. Jetzt kann ich dir die Beine wärmen. Oder willst du einen andern Wärmtopf? Da hast du ihn.«

Und sie legte ihm etwas Warmes wie einen Packen auf die Beine.

»Was ist das?« fragte der Alte.

»Meine Tochter.«

»Deine Tochter? Hast du auch dein Kind mitgebracht?«

»Sie haben mich aus dem Haus gejagt, Papa-re. Er hat mich sitzen lassen.«

»Wer?«

»Er, Cesare. Jetzt lieg ich auf der Straße. Mit der Kleinen auf dem Arm.«

Papa-re stieg von seinem Stuhl, beugte sich im Dunkeln zu der Frau hinab und reichte ihr das Kind.

»Da, nimm sie, meine Tochter, und geh jetzt. Ich hab meine eigenen Sorgen. Laß mich in Frieden!«

»Mir ist kalt«, sagte die Frau, und ihre Stimme klang noch heiserer. »Jagst du mich auch fort?«

»Willst du dich hier etwa häuslich niederlassen?« fragte Papa-re barsch. »Bist du verrückt oder wirklich besoffen?«

Die Frau gab keine Antwort und rührte sich auch nicht. Vielleicht weinte sie. In der Stille vernahm man hinten aus der Via Volturno ein ganz leises Mandolinenzupfen, das sich mählich näherte, dann plötzlich umkehrte und nach und nach in der Ferne erstarb.

»Laß mich bitte hier warten«, ließ sich die Frau mit dumpfer Stimme nach einer Weile wieder vernehmen.

»Auf wen denn?« fragte Papa-re noch einmal.

»Ich hab's dir doch gesagt, auf ihn, auf Cesare. Er steckt da drinnen im Café. Ich hab ihn durch die Scheibe gesehen.«

»Dann geh doch rein, wenn du weißt, daß er drin ist. Was willst du noch von mir?«

»Ich kann nicht, mit der Kleinen. Er hat mich sitzenlassen! Er ist mit einer anderen drinnen. Weißt du, mit wem? Mit Mignon, jawohl! mit der berühmten Mign... ja, mit der, die von morgen abend an hier singen wird. Und denk dir, er wird sie einführen! Er hat ihr vom Maestro Lieder beibringen lassen, Bezahlung nach Stunden. Ich will ein paar Wörtchen mit ihm reden, wenn er rauskommt, deshalb bin ich hier. Mit ihm und mit ihr auch. Laß mich bleiben! Was macht es dir schon aus? Dadurch hast du's sogar noch ein bißchen wärmer, Papa-re. Draußen, bei der Kälte, mein armes Kleines... Lange dauert's nicht mehr: höchstens ein halbes Stündchen. Sei so nett, Papa-re! Setz dich wieder hin und nimm die Kleine wieder auf den Schoß. Hier unten kann ich sie nicht halten. So habt ihr's beide wärmer. Es schläft, das arme Geschöpf, und stört nicht.«

Papa-re setzte sich wieder, nahm das Kind auf die Knie und murmelte:

»Da sieh einer an, was für einen neuen Wärmtopf ich heute nacht gefunden habe. Was willst du denn von ihm?«

»Nichts. Nur ein paar Wörtchen mit ihm reden«, wiederholte sie.

Eine gute Weile schwiegen sie. Vom nahen Bahnhof ertönte der klagende Pfiff eines ankommenden oder abfahrenden Zuges. Ein paar Hunde streunten über den weiten Platz. Weiter hinten sah man, ganz vermummt, zwei Nachtwächter. In der Stille hörte man sogar die elektrischen Lampen summen.

»Du hast doch eine kleine Enkeltochter, nicht wahr, Papa-re?« fragte die Frau, wie erwachend, mit einem Seufzen.

»Ja. Nena.«

»Ohne Mama?«

»Ja.«

»Sieh dir meine Tochter an. Ist sie nicht hübsch?«

Papa-re antwortete nicht.

»Ist sie nicht hübsch?« wiederholte die Frau beharrlich.

»Was wird aus ihr werden, aus meinem armen, kleinen Geschöpf. Aber das ... das halte ich nicht mehr aus. Irgend jemand muß sich doch ihrer erbarmen. Du begreifst ja, daß ich keine Arbeit finde, mit dem Kind auf dem Arm. Wo soll ich sie nur lassen? Und dann, ja, wer nimmt mich denn? Nicht mal als Magd will man mich haben.«

»Sei still!« unterbrach sie der Alte und schüttelte sich wie im Krampf und begann zu husten.

Er mußte an seine Tochter denken, die ihm genauso ein kleines Geschöpf, wie dieses hier, auf den Knien zurückgelassen hatte. Er drückte es ganz leicht und zärtlich an sich. Die Liebkosung galt nicht dem Kinde hier, sondern der kleinen Enkeltochter, an die er sich in diesem Augenblick erinnerte, genauso klein und still und brav wie diese hier.

Aus dem Café drang stärkeres Beifallklatschen und Grölen.

»Lump!« stieß die Frau zwischen den Zähnen hervor.
»Da amüsiert er sich mit dem häßlichen Luder, das dürrer ist als ein Gerippe. Sag mal, er kommt doch gewöhn-

lich jeden Abend her, wenn er da Schluß macht, nicht wahr, um sich seine Zigarre zu kaufen?«

»Ich weiß nicht«, erwiderte Papa-re achselzuckend.

»Cesare, der Mailänder, wieso weißt du das nicht? Der große, stattliche Blonde mit dem geteilten Kinnbart, der so temperamentvoll ist. Oh, ein schöner Mann ist das! Und er weiß es, der gemeine Kerl, und nutzt es aus. Weißt du denn nicht mehr, daß er mich voriges Jahr zu sich genommen hat?«

»Nein«, erwiderte der Alte mürrisch. »Wie soll ich das wissen, wenn du dich nicht blicken läßt?«

Die Frau lachte auf, es klang wie ein Schluchzen, und sagte düster:

»Du würdest mich nicht mehr erkennen. Ich bin die, die mit diesem Trottel von Peppot immer im Duett gesungen hat. Peppot, weißt du? *Monte Bisbin?* Ja, der. Aber es macht nichts, wenn du dich nicht mehr erinnerst. Ich bin nicht mehr dieselbe. In einem Jahr hat er mich erledigt, kaputtgemacht. Und, weißt du was? Zuerst hat er sogar von Heirat gesprochen. Zum Lachen, stell dir das bloß vor!«

»Stell dir vor!« echote Papa-re, schon halb eingenickt.

»Ich hab's ja nie geglaubt«, fuhr die Frau fort. »Ich sagte mir nur: Hauptsache, er behält mich jetzt. Das hab ich wegen diesem Geschöpf hier gesagt, das ich empfangen hatte, ich weiß selbst nicht wie, vielleicht, weil ich zu sehr verknallt war in ihn. Gott hat mich damit strafen wollen. Und dann, was wußte ich schon davon? dann wurde es noch schlimmer. Eine kleine Tochter! Als ob das nichts wäre! Gilda Boa . . . erinnerst du dich noch an Gilda Boa? hat mir gesagt: ›Schmeiß sie weg!‹ Wie soll man so was wegschmeißen? Er schon, er hat sie wirklich wegschmeißen wollen. Und er hat es fertiggebracht, mir zu sagen, daß sie ihm nicht ähnlich sähe. Aber sieh sie dir doch an, Papa-re, ob sie nicht ganz der Vater ist! Oh, dieser gemeine Kerl! Er weiß ganz genau, daß sie sein Kind ist, daß ich sie von keinem andern bekommen hätte, denn für ihn ... ich konnte schon nicht mehr aus den Augen sehen, so sehr hat er mir gefallen! Und schlimmer als eine Sklavin hat er mich behandelt, sag ich dir. Geschlagen hat er mich, und ich hab stillgehalten; er hat mich fast verhungern lassen, und ich hab stillgehalten. Ich hab was durchgemacht, das schwör ich dir, aber nicht wegen mir, sondern wegen diesem Geschöpfchen hier, dem ich, ohne einen Bissen im Magen, keine Milch geben konnte. Und jetzt ...«

So redete sie noch eine Weile weiter; doch Papa-re hörte nicht mehr: müde und getröstet von der Wärme dieser Kleinen, die er anstelle seines Wärmtopfes vorgefunden hatte, war er wie gewohnt eingeschlafen. Er fuhr mit einem Ruck auf, als die Glastür des Cafés aufging und die Gäste lärmend ins Freie strömten, während aus dem Saal noch das letzte Klatschen drang. Aber wo war die Frau geblieben?

»He! Was machst du?« fragte Papa-re schlaftrunken.

Auf allen vieren hatte sie sich keuchend durch die Beine des hohen Stuhles gezwängt, auf dem Papa-re saß; mit einer Hand hatte sie das Türchen einen Spalt breit geöffnet, und da war sie stehengeblieben wie ein Raubtier auf der Lauer.

»Was machst du da?« wiederholte Papa-re.

In diesem Augenblick zerriß ein Pistolenschuß die Luft vor dem Kiosk.

»Still! Oder sie verhaften dich auch!« rief die Frau dem Alten zu, während sie hinausstürzte und die kleine Tür zuschlug.

Papa-re, zutiefst erschrocken von dem Geschrei, den Verwünschungen, dem fürchterlichen Aufruhr hinter dem Kiosk, beugte sich über das kleine Mädchen, das bei dem Schuß zusammengefahren war, und krümmte sich

zitternd in sich zusammen. Ein Wagen rollte hastig her-
an, der gleich darauf in Richtung auf das Sant' Antonio-
Krankenhaus wieder abgaloppierte. Und ein Haufen
aufgebrachter Menschen zog lärmend am Kiosk vorbei
und entfernte sich zur Piazza delle Terme. Andere aber
waren dageblieben und diskutierten erregt über den
Zwischenfall, während Papa-re, gespannt lauschend,
sich nicht zu rühren wagte aus Angst, das Kind könnte
schreien. Bald danach kam einer der Cafékellner, um
sich am Kiosk eine Zigarre zu kaufen.

»Na, Papa-re, hast du gesehen, was für eine verdammte
Tragödie sich da abgespielt hat?«

»Ich ... hab ... was gehört ...«, stotterte er.

»Und hast dich nicht von der Stelle gerührt?« rief der
Kellner lachend. »Wohl immerfort mit deinem Wärmtopf, wie?«

»Mit meinem Wärmtopf, ja ...« sagte Papa-re, zusam-
mengekrümmt, und öffnete den zahnlosen Mund zu
einem trüben Lächeln.

Die Vernichtung des Menschen

Ich möchte wissen, ob der Herr Untersuchungsrichter*
guten Glaubens die Meinung vertritt, auch nur einen
stichhaltigen Grund für diesen, wie er sagt, *vorsätzlichen Mord* gefunden zu haben (der zudem, wenn überhaupt, ein Doppelmord wäre, weil das Opfer im Begriffe stand, den letzten Schwangerschaftsmonat glücklich zu beenden).

Nicola Petix hatte sich bekanntlich hinter einem undurchdringlichen Schweigen verschanzt, zunächst vor
dem Polizeikommissar gleich nach der Verhaftung, dann
vor ihm, ich meine, vor dem Herrn Untersuchungsrichter, der ihn viele Male und auf jedwede Art und Weise
vergeblich zu verhören suchte, und schließlich auch vor
dem jungen Offizialverteidiger, den man ihm bestellt
hatte, da er sich bis zuletzt weigerte, einen Anwalt seines Vertrauens zu benennen.

Für dieses so beharrliche Schweigen müßte man doch,
wie mir scheint, irgendeine Erklärung geben.

Es heißt, Petix lege im Gefängnis die gedankenlose Indifferenz einer Katze an den Tag, die, nachdem sie eine
Maus und ein Küken zerrissen, sich wohlig im Sonnenstrahl zusammenrollt.

Doch es ist offensichtlich, daß dieses Gerede, welches zu
verstehen geben möchte, daß Petix sein Verbrechen mit
der Unvernunft eines Tieres verübt habe, vom Untersuchungsrichter nicht aufgegriffen worden ist, da er doch
meint, von der Vorsätzlichkeit des Mordes ausgehen
und die Beschuldigung aufrechterhalten zu müssen. Tie-

* Wir meinen den Fall Petix.

re kennen keine Vorsätzlichkeit. Wenn sie sich auf die Lauer legen, so ist dies instinktiver und natürlicher Bestandteil ihrer durch und durch natürlichen Jagd, die sie nicht zu Dieben und nicht zu Mördern macht. Ein Dieb ist der Fuchs für den Eigentümer des Huhns: aber für sich genommen ist der Fuchs kein Dieb: er hat Hunger, und wenn er Hunger hat, packt er das Huhn und frißt es. Und wenn er es gefressen hat, dann — adieu! — denkt er nicht mehr daran.

Nun, Petix ist kein Tier. Und man muß erst einmal sehen, ob seine Indifferenz echt ist. Ist sie nämlich echt, müßte man diese Indifferenz ebenso in Erwägung ziehen wie sein beharrliches Schweigen, dessen natürlichste Folge sie — meiner Ansicht nach — wäre; untermauert, wie sie sind, die eine wie das andere, durch die ausdrückliche Ablehnung eines Verteidigers.

Aber ich will keinerlei Urteil vorwegnehmen, noch für den Augenblick meine Meinung aufdrängen.

Ich setze meine Diskussion mit dem Herrn Untersuchungsrichter fort.

Wenn der Herr Untersuchungsrichter glaubt, daß Petix mit der vollen Härte des Gesetzes zu bestrafen sei, weil er ihn weder für einen animalischen Schwachsinnigen hält, der mit einem Tier zu vergleichen wäre, noch für einen rabiaten Verrückten, der für nichts und wieder nichts eine Frau wenige Wochen vor ihrer Niederkunft umbringt: welchen Grund kann es dann für diesen *vorsätzlichen Mord* gegeben haben?

Eine versteckte Leidenschaft für diese Frau gewiß nicht. Der junge Offizialverteidiger brauchte den Herrn Beisitzern nur einen Augenblick das Bild der armen Toten vor Augen zu halten! Frau Porrella war siebenundvierzig Jahre alt und mochte nunmehr allem möglichen ähnlich sehen, nur nicht einer Frau.

Ich erinnere mich,, sie noch wenige Tage vor dem Verbrechen gesehen zu haben, Ende Oktober, Arm in Arm mit ihrem fünfzigjährigen Gatten, ein wenig kleiner als sie, aber auch er mit seinem braven Bäuchlein, der Herr Porrella, auf dem Viale Nomentano gegen Sonnenuntergang, trotz des Windes, der mit warmen, geräuschvollen Stößen die welken Blätter aufwirbelte.

Ich kann auf Ehre versichern, daß der Anblick dieser beiden Spaziergänger draußen an einem Tag wie diesem eine Herausforderung war: bei dem Wind und mitten im Wirbel all der welken Blätter, klein unter den hohen, nackten Platanen, die mit ihrem sperrigen Ästegewirr in den stürmischen Himmel griffen.

Sie hoben die Beine auf die gleiche Weise, im gleichen Takt, ernsthaft, wie eine ihnen aufgetragene Pflicht.

Vielleicht glaubten sie, man dürfe diesen Spaziergang auf gar keinen Fall unterlassen, nun, da es der Schwangerschaft letzte Tage waren. Vorgeschrieben vom Arzt; angeraten von sämtlichen Freundinnen der Nachbarschaft.

Lästig vielleicht schon, aber ganz natürlich, daß der Wind sich von Mal zu Mal erhob und all die zusammengerollten Blätter wütend hierhin und dorthin peitschte, ohne daß es ihm je gelungen wäre, sie gänzlich wegzufegen; und daß die Platanen, die ihre Blätter ja schon zeitig angesetzt hatten, sie nun auch zeitig abwarfen, um totengleich bis zum kommenden Frühjahr dazustehen; und daß der streunende Hund dort dazu verurteilt war, bei jeder Witterung, die ihm in die Nase stieg, fast bei jedem Platanenstamm Halt zu machen und verzweifelt das eine Hinterbein zu heben, um nichts als ein paar Tröpfchen herauszupressen, nachdem er sich verschiedene Male begehrlich um sich selbst gedreht hatte, ehe er's zuwege brachte.

Ich schwöre, daß es nicht nur mir, sondern allen anderen, die an diesem Tag durch den Viale Nomentano gingen, ebenso unglaublich erschien, welche Genugtuung der kleine Mann darüber zeigte, die Frau in diesem Zustand spazierenzuführen; und noch unglaublicher, daß die Frau sich mit einer solchen Ausdauer spazierenführen ließ, die nur um so grausamer gegen sich selbst erschien, je ergebener sie sich fügte in die unerträgliche Anstrengung, die es sie kosten mußte. Sie wankte und keuchte, und ihre Augen waren wie im Krampf versteinert, nicht wegen der unmenschlichen Anstrengung, sondern aus Furcht, es könnte ihr nicht gelingen, diese ihre obszöne Beschwernis in ihrem herunterhängenden Bauch bis zum letzten auszutragen. Es ist wohl wahr, daß sie hin und wieder die blaubeschatteten Lider über die Augen senkte. Doch das tat sie weniger aus Scham, sondern vielmehr aus Unwillen darüber, diese Scham in den Augen derjenigen lesen zu müssen, die sie auf sie richteten und sie in diesem Zustand sahen, bei ihrem Alter, eine alte Schachtel, die noch in Gebrauch war für etwas, das so offensichtlich zutage trat. In der Tat, wie sie ihren Mann so am Arme hielt, hätte sie ihn ab und an mit einem unmerklichen Zupfen von seiner Genugtuung, der er sich allzu oft und allzu augenscheinlich hingab, zu der Realität zurückrufen können, daß er, obgleich klein und kahlköpfig und fünfzigjährig, der Urheber dieses großen Malheurs war. Sie rief ihn nicht zurück, weil sie im Gegenteil froh war, daß er den Mut besaß, diese Genugtuung zu zeigen, während es ihr anstand, Scham darüber zu zeigen.

Mir ist, als sähe ich sie noch, wie sie bei manchen heftigeren Windböen, die sie von hinten packten, Halt machte auf ihren stämmigen, gespreizten Beinen, an die, sie unanständig modellierend, ihr Kleid sich klebte, während es sich vorn zu einem Ballon aufblähte. Dann wußte sie nicht, wohin sie mir ihrem freien Arm zuerst schützend hinfassen sollte; ob diesen Ballon im Kleid, der sie vorn zu entblößen drohte, herunterstreichen oder die Krempe des alten, violetten Samthutes festhalten, in dessen melancholischen, schwarzen Federn der Wind einen verzweifelten Trieb zum Fliegen weckte.

Doch nun zum Tatbestand.

Ich bitte euch (wenn ihr etwas Zeit habt), den alten Mietbau in der Via Alessandria zu besichtigen, in dem das Ehepaar Porrella und, in zwei Zimmerchen im Stockwerk darunter, auch Nicola Petix wohnte.

Es ist eines der vielen Mietshäuser, die alle gleichermaßen häßlich und gleichsam gebrandmarkt sind von der allgemeinen Vulgarität jener Zeit, die sie mit großer Hast errichtete in der, wie sich später herausstellte, irrigen Voraussicht eines stürmischen und überquellenden Zustroms königlicher Untertanen nach Rom, gleich nach dessen Ernennung zur dritten Kapitale des Königreichs.

Eine Unmenge privater Vermögen, nicht nur von Neureichen, sondern auch von hochangesehenen Familien, sowie sämtliche Kredite von Geldinstituten an die Bauunternehmer, die Jahre hindurch geradezu von einem Wahnsinnsfieber erfaßt waren, gingen in einem enormen Bankrott zugrunde, an den man sich heute noch erinnert.

Und wo früher uralte Patrizierparks und jenseits des Flusses Gemüsegärten und Wiesen gewesen waren, sah man jetzt Häuser und Häuser und Häuser entstehen, ganze Wohnblocks an regellos angelegten, eben erst trassierten Straßen; und viele, nachdem sie bis zum vierten Stockwerk hochgezogen, auf einmal — als neue Ruinen — stehenbleiben, um ohne Dach zu vermodern, alle Fensterhöhlen leer, und oben, in den Löchern an den rohen Wänden ein paar Überbleibsel der zurückgelassenen Gerüste, vom Regen schwarz und morsch geworden; und andere, schon fertiggestellte Wohnblocks in den neuen Bezirken leerbleiben, ganze Straßenzüge entlang, die kein Mensch je betrat; und das Gras in der monatelangen Stille wieder emporsprießen an den Rändern der Gehwege, längs der Wände, um sich dann, schmächtig und zart und bei jedem Windhauch erschauernd, die ganze Straßenbreite wiederzuerobern.

Etliche dieser Häuser, ausgestattet mit allen Bequemlichkeiten für gutsituierte Mieter, wurden dann, um wenigstens einigen Gewinn abzuwerfen, dem Ansturm des gemeinen Volkes geöffnet. Welches sie, wie man sich wohl vorstellen kann, binnen kurzem derartig zurichtete, daß, als nach Jahren in Rom die anfangs zu früh befürchtete und in der Folge zu spät behobene Wohnungsnot tatsächlich einsetzte — wegen der damaligen Riesenpleite scheute jedermann davor zurück, Neubauten zu errichten —, die neuen Eigentümer, die sie für wenig Geld von den Kreditinstituten der in Konkurs gegangenen Bauunternehmer erworben hatten, sich schließlich ausrechneten, welche Investitionen erforderlich gewesen wären, um sie für zahlungskräftigere Mieter in einen annehmbaren Zustand zu bringen, und es für zweckmäßiger hielten, alles beim alten zu belassen, die Treppen mit den ausgebrochenen Stufen, die mit Obszönitäten vollgeschmierten Wände, die Fenster, die windschiefe Läden und zerbrochene Scheiben hatten und beflaggt waren mit schmutzigen, geflickten, lumpigen Kleidungsstücken, die dort zum Trocknen auf der Leine hingen.

So haben jetzt in einigen dieser großen, miserablen Häuser, trotz der darin verbliebenen Mieter, die ihr Zerstörungswerk an Wänden und Eingängen und Fußböden fortsetzen, einige heruntergekommene Familien oder auch welche aus dem Mittelstand bereits Unterkunft bezogen, sei es, weil sie anderswo nichts gefunden hatten, oder aus Not oder aus Sparsamkeit, wobei sie den Abscheu vor all dem Unrat überwanden und, mehr noch, vor der Wohngemeinschaft mit denen, die, mein Gott; ja! schließlich doch Nachbarn sind, das bestreitet auch niemand, die man aber, selbst wenn man keinen übertriebenen Wert auf Sauberkeit und Anstand legt, nur ungern in nächster Nähe hat; im übrigen ist nicht zu leugnen, daß dieses Mißfallen auf Gegenseitigkeit beruhte; Tatsache ist, daß die Neuankömmlinge anfänglich mit Mißtrauen betrachtet wurden, und später mußten sie sich, wenn sie weniger scheel angesehen werden wollten, allmählich mit gewissen Vertraulichkeiten abfinden, die eher genommen als gewährt wurden.

Nun, als das Verbrechen geschah, wohnte das Ehepaar Porrella schon etwa fünfzehn Jahre in dem Mietshaus in der Via Allessandria; Nicola Petix etwa zehn Jahre. Doch während jene schon geraume Zeit die Gunst aller alteingesessenen Hausbewohner genossen, hatte sich Petix im Gegenteil immer mehr die allgemeine Abneigung zugezogen, und dies wegen der Verächtlichkeit, mit der er, vom Portier und Flickschuster an, auf alle heruntersah; ohne jemals irgendeinen, wo nicht eines Wortes, so doch wenigstens eines Kopfnickens zu würdigen.

Doch nun zum Tatbestand, sagte ich. Aber ein Tatbestand ist wie ein Sack, der nicht steht, wenn er nicht gefüllt ist.

Der Herr Untersuchungsrichter wird das schon merken, wenn er — wie es den Anschein hat — den Versuch machen will, ihn zum Stehen zu bringen, ohne zuvor all jene Gründe hineingestopft zu haben, die ihn heraufbeschworen haben, die aber der Untersuchungsrichter sich möglicherweise überhaupt nicht vorstellen kann.

Petix' Vater war Ingenieur, der, vor langer Zeit nach

Amerika ausgewandert und dort verstorben, sein gesamtes, ebenda in Ausübung seines Berufes angesammeltes Vermögen einem andern Sohn vermacht hatte, der zwei Jahre älter war als Petix und ebenfalls Ingenieur, und zwar mit der Auflage, dem jüngeren Bruder auf Lebenszeit monatlich eine Anweisung von wenigen hundert Liren zukommen zu lassen, quasi als Almosen und nicht, weil's ihm von Rechts wegen zugestanden hätte, da er, wie es im Testament hieß, »bereits das ganze, ihm zukommende Pflichtteil in schändlichem Nichtstun durchgebracht« habe.

Es wird indessen angebracht sein, dieses Nichtstun nicht nur aus der Sicht des Vaters zu betrachten, sondern auch ein wenig aus seiner eigenen, denn in Wirklichkeit besuchte Petix Jahr um Jahr die Vorlesungen der Universität, wobei er von einem Studienfach zum andern überwechselte, von der Medizin zur Rechtswissenschaft, von der Rechtswissenschaft zur Mathematik, von dieser zur Philologie und Philosophie: in dieser ganzen Zeit legte er zugegebenermaßen nie ein Examen ab, denn niemals hätte er daran gedacht, den Beruf eines Arztes oder Rechtsanwalts, eines Mathematikers oder Philologen oder Philosophen auszuüben. Petix hat in Wahrheit nie etwas ausüben wollen; doch heißt dies nicht, daß er ein Nichtstuer gewesen und dieses Nichtstun schändlich gewesen wäre. Während er auf seine Art studierte, machte er sich stets seine Gedanken über die Wechselfälle des Lebens und über die Gewohnheiten der Menschen.

Das Resultat dieser unablässigen Überlegungen war ein grenzenloser, unerträglicher Verdruß sowohl über das Leben als auch über die Menschen.

Tun um des Tuns willen? Man müßte drinnen stecken in dem, was zu tun ist, wie ein Blinder, ohne es von außen zu sehen; oder ihm sonst einen Sinn zuweisen. Aber was für einen Sinn? Nur den, es eben zu tun? Aber ja, mein Gott: wie man's eben tut. Heute das eine und morgen das andere. Oder auch Tag für Tag dasselbe. Je nach Neigungen oder Fähigkeiten, Absichten, Gefühlen, Instinkten. Wie man's eben tut.

Das Elend kommt dann, wenn man für diese Neigungen, Fähigkeiten, Absichten, Gefühle und Instinkte, denen man von innen folgt, weil man sie eben hat und empfindet, von außen her einen Sinn erkennen will, den man gerade, weil man ihn von außen her sucht, nicht mehr findet, wie man auch sonst überhaupt nichts mehr finden kann.

Nicola Petix gelangte sehr bald zu diesem Nichts, das die Quintessenz jeder Philosophie sein müßte.

Der tägliche Anblick der hundert und mehr Bewohner jenes dreckigen, düsteren Mietshauses, der Menschen, die lebten, um zu leben, ohne zu wissen, daß sie leben, wenn nicht um des wenigen willen, das zu tun sie Tag für Tag gezwungen zu sein schienen: immer dieselben Dinge; dieser Anblick ging ihm bald auf die Nerven, versetzte ihn in einen Zustand manischer Unduldsamkeit, die sich von Tag zu Tag steigerte.

Besonders unausstehlich war ihm der Anblick und der Lärm der vielen kleinen Kinder, von denen es im Hof und auf den Treppen nur so wimmelte. Er konnte nicht ans Fenster treten, das auf diesen Hof hinausging, ohne vier oder fünf von ihnen hintereinander in gebückter Haltung sehen zu müssen, wie sie gerade ihre Notdurft verrichteten und dabei in einen angefaulten Apfel bissen oder in ein Stück Brot; oder wie auf dem unebenen Schotter, wo Lachen fauligen Wassers standen (immerhin war es Wasser), drei kleine Jungen bäuchlings Ausschau hielten, woher und wie ein dreijähriges Mädchen Pipi machte; ernsthaft, ahnungslos, mit einem verbundenen Auge, kümmerte das Kind sich gar nicht um sie.

Und wie sie einander anspuckten, mit Füßen traten, kratzten und an den Haaren zogen, und das darauf folgende Gekreisch, an dem sich die Mütter aus allen Fenstern der fünf Stockwerke beteiligten; während, gerade eben, das Fräulein Lehrerin mit dem kleinen, verbrauchten Gesicht und den hängenden Haaren über den Hof ging, in der Hand einen großen Blumenstrauß, Geschenk des Verlobten an ihrer Seite, der ihr zulächelte.

Petix war versucht, zur Nachttischschublade zu rennen, um mit dem Revolver auf die Lehrerin zu schießen, so eine rasende Empörung verursachten ihm diese Blumen und dieses Lächeln des Verlobten, Schmeicheleien der Liebe inmitten der ekelhaften Obszönität dieser ganzen dreckigen Brut, die zu vermehren in Bälde auch die Lehrerin beisteuern würde.

Nun müßt ihr bedenken, daß Nicola Petix in diesem Mietshaus seit zehn Jahren Tag für Tag den regelmäßigen, unvermeidlichen Schwangerschaften der Signora Porrella beiwohnte, die, wenn sie mit Übelkeiten, Ängsten und Qualen den siebten oder achten Monat erreicht hatte, allemal unter Lebensgefahr mit einer Fehlgeburt niederkam. In neunzehnjähriger Ehe hatte dieses Wrack von einer Frau bereits fünfzehn Fehlgeburten hinter sich.

Für Nicola Petix war dies am erschreckendsten: daß es ihm nicht gelang, den Grund dafür zu finden, warum die beiden mit so blinder und gegen sich selbst so grausamer Halsstarrigkeit unbedingt ein Kind haben wollten.

Vielleicht, weil die Frau vor achtzehn Jahren, zur Zeit der ersten Schwangerschaft, die komplette Ausstattung für das zu erwartende Kind gerichtet hatte: Windeln, Häubchen, Hemdchen, Lätzchen, lange Kleidchen mit Schleifchen, Wollschühchen, die alle noch auf ihre Verwendung warteten, nunmehr vergilbt und steif in ihrer Appretur wie kleine Leichname.

In den zehn Jahren war es indessen zwischen all den Frauen des Mietshauses, die soviel wie nur möglich gebaren, und Nicola Petix, der ihre Brut soviel wie nur möglich haßte, gleichsam zu einer Herausforderung gekommen: jene behaupteten, Signora Porrella würde dieses Mal ihr Kind lebend zur Welt bringen, und er sagte nein, sie würde es auch dieses Mal nicht schaffen. Und je eifriger jene, mit unendlicher Fürsorge, mit Ratschlägen und Aufmerksamkeiten den Bauch dieser Frau umhegten, der von Monat zu Monat dicker wurde, desto mehr fühlte Nicola Petix, der ihn von Monat zu Monat dicker werden sah, Mißbehagen, Erregung, Wut in sich wachsen. Während der letzten Tage einer jeden Schwangerschaft stellte sich seiner übersteigerten Phantasie das ganze Mietshaus wie ein riesenhafter Bauch dar, der verzweiflungsvoll heimgesucht wurde von der Austragung des Menschen, der da geboren werden sollte. Für ihn handelte es sich nicht mehr um die bevorstehende Niederkunft der Signora Porrella, die ihm eine Niederlage bereiten würde; es handelte sich um den Menschen, von dem all die Frauen wünschten, daß er aus dem Bauch dieser Frau kommen sollte; um den Menschen, wie er entsteht aus dem animalischen Trieb der beiden Geschlechter, sich zu vereinigen.

Nun, es war der Mensch, den Petix vernichten wollte, als er sich davon überzeugt hatte, daß diese sechzehnte Schwangerschaft endlich ihre Erfüllung finden sollte. Der Mensch. Nicht einer von den vielen, sondern alle in diesem einen Menschen; um sich in diesem einen Menschen an den vielen zu rächen, die er dort sah, kleine Bestien, die lebten, um zu leben, ohne zu wissen, daß sie lebten, wenn nicht um des wenigen, das zu tun sie täglich gezwungen zu sein schienen: immer dieselben Dinge.

Und es geschah einige Tage nachdem ich das Ehepaar Porrella auf dem Viale Nomentano gesehen hatte, im Wirbel der vielen toten Blätter, wie sie ihre Beine auf die gleiche Weise hoben, im gleichen Takt, ernsthaft, bekümmert, wie eine ihnen aufgetragene Pflicht.

Ziel des täglichen Spazierganges war ein Steinblock jenseits der Sperre, wo der Viale nach Sant'Agnese noch einmal eine Biegung macht, sich etwas verengt und dann ins Aniene-Tal hinabführt. Jeden Tag setzten sie sich auf diesen Steinblock und ruhten sich ein halbes Stündchen aus von dem weiten und langsamen Spaziergang, wobei Signor Porrella die düstere Brücke betrachtete und sicher daran dachte, daß schon die alten Römer über sie hinweggeschritten waren; während Signora Porrella irgendeiner salatsuchenden alten Frau nachsah, im Gras längs der Böschung des Flusses, der hinter der Brücke für eine kurze Strecke dort unten sichtbar wird; oder auf ihre Hände blickte und langsam, ganz langsam die Ringe um ihre plumpen Finger drehte.

Auch an diesem Tage hatten sie sich vorgenommen, das gewohnte Ziel zu erreichen, obwohl der Fluß wegen der kürzlichen, ausgiebigen Regenfälle Hochwasser führte und drohend auf die Böschung übergetreten war, fast bis unter ihren Steinblock; und obwohl sie von weitem sahen, daß auf diesem Stein ihr Wohnungsnachbar Nicola Petix saß, als erwarte er sie: ganz gebückt und in sich zusammengesunken wie ein großer Uhu.

Als sie ihn bemerkten, blieben sie stehen, befremdet und einen Augenblick unschlüssig, ob sie sich woanders hinsetzen oder kehrtmachen sollten. Doch eben dieses Gefühl von Unschlüssigkeit und Befremden veranlaßte sie, näherzukommen, denn es schien ihnen widersinnig, anzunehmen, daß die unerwünschte Anwesenheit des Mannes und auch sein augenscheinlicher Beweggrund, daß er nämlich ihretwegen gekommen war, *irgend* etwas

Schwerwiegendes bedeuten könnten, um auf den gewohnten Ruheplatz zu verzichten, dessen insonderheit die Schwangere bedurfte.

Petix sagte kein Wort; und alles spielte sich in einem Augenblick, fast gelassen ab. Sowie die Frau sich dem Steinblock näherte, um sich daraufzusetzen, packte er sie am Arm und riß sie an den Rand des über die Ufer getretenen Wassers; dort beförderte er sie mit einem Stoß in den Fluß, wo sie ertrank.

Der Schlaf des Alten

Während im Salon Venanzi eine mehrsprachige Konversation über verschiedenste Themen in vollem Gange war, dachte Vittorino Lamanna an die beiden Mitteilungen, die ihm die Dame des Hauses sofort nach seinem Eintreffen gemacht hatte. Eine gute und eine schlechte. Die gute bestand darin, daß bei der Lesung seiner Komödie heute Alessandro De Marchis anwesend sein würde, der verehrungswürdige alte Mann, der mit seinen wissenschaftlichen und philosophischen Werken soviel Geisteslicht in die Welt gebracht hatte, daß ihn das Vaterland jetzt zu Recht als einen seiner strahlendsten, ruhmreichsten Söhne schätzte. Die schlechte war, daß Casimiro Luna, der »brillante« Journalist Luna, aus London zurückgekehrt, wo er sich aufgehalten hatte, um einen jungen italienischen Wissenschaftler zu »interviewen«, der soeben eine bedeutende wissenschaftliche Entdeckung gemacht hatte, vor den versammelten Gästen darüber sprechen würde, noch ehe sein »Interview« in der Abendzeitung herauskam.

Lamanna beneidete Luna nicht etwa wegen all seiner offensichtlichen Talente, die ihn innerhalb weniger Jahre zum Liebling des Publikums, besonders des weiblichen gemacht hatten; er neidete ihm seinen Erfolg. Er sah voraus, daß aller Augen sehr bald mit Wohlgefallen auf den unbeständigen, hocheleganten Journalisten gerichtet sein würden, während ihn selbst niemand mehr beachten würde; und er ließ sich allmählich vom Mißmut überwältigen, der, ohne jeden Anlaß, obendrein noch von einem Herrn geschürt wurde, den ihm Signora Venanzi an die Fersen geheftet hatte: einen spitzfindigen, kahlköpfigen Herrn, an dessen Namen er sich nicht mehr erinnerte, der ihm jedoch die Namen aller anderen Anwesenden ins Gedächtnis rief, indem er über jeden etwas Abfälliges zu sagen wußte.

»Wer von all den Leuten hier sollte denn auch nur ein Jota von Ihrer Komödie verstehen, mein Herr? Aber machen Sie sich nichts draus. Es genügt, wenn man erfährt, daß Sie im *intellektuellen* Salon Venanzi gelesen haben. Die Zeitungen werden darüber berichten. Das bedeutet heutzutage alles. Wie Sie sehen, sind die meisten hier Ausländer, die kaum ein paar Worte Italienisch radebrechen. Sie wissen zwar nicht genau, wie man *Soldo* schreibt, aber einen falschen Soldo erkennen sie augenblicklich und wissen besser als wir, daß er fünf Centesimi wert ist. Die Fremdenindustrie? Ganz falsch, mein Lieber! Denn . . .«

Zum Glück kam Signora Alba Venanzi, ihn von diesem Quälgeist zu erlösen. Sie wollte ihn der Marchesa Landriani vorstellen, die soeben den Salon betreten hatte.

»Marchesa, das ist unser Vittorino Lamanna, künftiger Ruhm unseres nationalen Theaters.«

»Um Gottes willen!« wehrte Vittorino Lamanna errötend ab und verneigte sich lächelnd.

Die dicke, alte Marchesa Landriani, die stets einen verwirrten Eindruck machte, nahm sich gerade die blaue Brille von der Nase und verharrte, ehe sie die helle Brille aufsetzte, eine gute Weile mit geschlossenen Augen und einem kalten, resignierten Lächeln auf den blassen Lippen.

»Ich weiß, ich weiß . . .«, sagte sie mit müder Stimme. »Helfen Sie doch meinem Gedächtnis nach, wo habe ich doch kürzlich etwas von Ihnen gelesen?«

»Ach«, erwiderte Lamanna geschmeichelt und suchte in seiner Erinnerung, »ich wüßte nicht, wo.«

Aber er nannte doch eine oder zwei Zeitschriften, in denen vor kurzem etwas von ihm erschienen war.

»Aber ja, natürlich. Bravo! Ich hatte es nicht mehr recht in Erinnerung. Ich lese viel, so viel, daß ich schon alles durcheinanderbringe. Ja, ja, richtig. Bravo, bravo.«

Und sie sah ihn durch die helle Brille an, das kalte, resignierte Lächeln noch immer auf den Lippen.

»Die?« flüsterte der Kahlköpfige, der Lamanna offensichtlich verfolgte, ihm gleich darauf ins Ohr. »Die? Ein blindes Huhn ist das, mein Lieber! Die kann nicht mal ein X von einem U unterscheiden. Dabei behauptet sie immer wieder, daß sie alle kenne, daß sie von allen etwas gelesen habe. Das wird sie auch Ihnen gesagt haben, nicht wahr. Glauben Sie ihr nicht, um Gottes willen! Ein stockblindes Huhn, sage ich Ihnen!«

In diesem Augenblick kam Casimiro Luna herein. Vittorino Lamanna kannte ihn sehr gut aus der Zeit, da jener, wie er selbst, noch unbekannt war. Grund genug, daß Luna ihn nur eines knappen, äußerst kühlen Grußes würdigte.

»Miro! Miro!«

Man rief ihn ohne Umschweife beim Vornamen, von allen Seiten, und für jeden hatte er ein Lächeln und ein freundliches Wort. Er tat so, als wollte er einer Dame die Rose von der Brust reißen, machte dann selbst eine Geste des Erstaunens und des Unwillens ob seiner Kühnheit, und die Dame lachte beglückt darüber. Signora Venanzi brauchte ihn niemandem vorzustellen. Alle kannten ihn.

Als Vittorino Lamanna ihn so verhätschelt und beweihräuchert sah, dachte er, wie leicht es ihm fallen müsse, das bißchen Geist, mit dem er bedacht war, zur Geltung zu bringen, und wie angenehm sein Leben sein müsse. ›Leben?‹ fragte er sich dann im Stillen. ›Was für ein Leben ist das schon? Eine einzige, ekelhafte Heuchelei!

Kein Blick, keine Bewegung, kein Wort ist ehrlich. Er ist ja kein Mensch mehr: er ist eine wandelnde Karikatur. Muß man heute denn soweit kommen, um Erfolg zu haben?‹ Während er das dachte, empfand er zugleich einen tiefen Abscheu vor sich selbst, modisch gekleidet und frisiert, wie er war, und schämte sich, daß er hergekommen war, um Lob, Protektion und Hilfe bei diesen Leuten zu suchen, die ihn gar nicht beachteten.

Plötzlich wurde es still im Salon, und alle wandten sich erwartungsvoll zur Tür. Am Arm seiner Gattin trat Alessandro De Marchis ein.

Er keuchte, der große Mann, untersetzt und massig, mit riesigem, kahlem Kopf, unter dessen glatter, gelber Haut die verästelten, gequollenen Adern hervortraten. Seine Frau, mit fahlblondem, pompös frisiertem Haar, stützte ihn, kerzengerade, stolz, sah hierhin und dorthin mit einem Lächeln ihrer geschminkten Lippen.

Alle schickten sich zu ehrerbietiger Begrüßung an.

Alessandro De Marchis ließ sich schwerfällig auf einem Lehnstuhl nieder, den man eigens für ihn bereitgestellt hatte, lächelte mit zahnlosem Mund, ohne Schnauz und Bart, ließ, während er vor Fettleibigkeit und Alter keuchte, ein Grunzen verlauten und sah mit fast erloschenen, fahlen, wässrigen Augen um sich.

Doch sofort machte sich im Salon peinliche Verlegenheit breit: aller Augen wandten sich, kaum daß sie einen Blick auf den großen Mann geworfen hatten, flugs wieder von ihm ab und wichen einander aus.

Signora De Marchis lief hochroten Gesichts und nur mit Mühe den Zorn zurückhaltend zu ihrem Gatten, stellte sich dicht vor ihn und zischte ihn leise, doch mit bebender Stimme an:

»Alessandro, knöpf dich zu! Eine Schande ist das!«

Der arme Alte griff mit seiner großen, zitternden Hand sofort dorthin, wohin seine Frau befehlerisch mit den

Augen deutete, und sah sie fast verschüchtert, mit einem blöden Lächeln auf den Lippen an.

Kurz darauf, während Casimiro Luna »brillant« über sein Gespräch mit dem jungen italienischen Erfinder und dessen berühmte Entdeckung referierte, sollten die im Salon Venanzi versammelten Gäste noch peinlicher überrascht werden.

Alessandro De Marchis, immerhin ein berühmter Physiker, dessen Werke jener junge italienische Erfinder zweifellos studiert und zu Rate gezogen hatte, Alessandro De Marchis war entschlummert, den Kopf auf die Brust gesenkt.

Vittorino Lamanna gehörte zu den ersten, die es gewahr wurden, und Eiseskälte überlief ihn. Casimiro Luna sprach weiter; als er aber schließlich den Blicken der anderen folgte und ebenfalls bemerkte, daß De Marchis fest schlief, verzog er sein Gesicht zu einer solchen Grimasse des Mitleids, daß manch einer nicht mehr an sich halten konnte und ein kurzes, sogleich unterdrücktes Lachen vernehmen ließ.

»Mit sechsundachtzig Jahren, ich bitte Sie«, flüsterte der spitzfindige Herr in Lamannas Ohr, »mit sechsundachtzig und an der Schwelle des Todes, mein Lieber, was bedeutet es da schon für Alessandro De Marchis, ob Guglielmo Marconi die drahtlose Telegraphie erfunden hat? Morgen wird er sterben. Er ist ja fast schon tot. Sie brauchen ihn nur anzusehen.«

Vittorino Lamanna wandte sich bleich und verärgert zu ihm, um ihm unverblümt zu sagen, daß er endlich schweigen solle; doch da begegnete er dem Blick von Signora Venanzi, die ihm ein Zeichen machte, sich erhob und den Salon verließ. Wenig später stand auch er auf und folgte ihr in das danebenliegende Kabinett.

Als er eintrat, zündete sie sich gerade eine Zigarette an und sog begierig die ersten Züge ein.

»Rauchen Sie, Lamanna, rauchen Sie auch«, sagte sie und reichte ihm die Zigarettenschachtel. »Ich hab's nicht mehr ausgehalten! Wenn ich jetzt nicht rauche, komme ich um.«

Durch die Glastür drang lautes Gelächter aus dem Salon. »Ach, köstlich, dieser Luna! Hören Sie? Er bringt es fertig, die Leute zum Lachen zu bewegen, auch wenn er von einer wissenschaftlichen Entdeckung spricht. Hoffentlich wacht er auf«, seufzte sie dann und meinte De Marchis. »Wer weiß, wie sehr die arme Cristina darunter leidet!«

»Cristina?« fragte Vittorino Lamanna mürrisch.

»Seine Frau«, erläuterte Signora Venanzi. »Haben Sie sie nicht bemerkt? Sie sieht sehr gut aus. Vielleicht hilft sie jetzt schon mit ein bißchen Kunst nach. Ach, es ist jammerschade, daß sie dem Ruhm dieses Greises soviel Schönheit geopfert hat! Es war eine falsche Rechnung! Da sitzt der ruhmbedeckte Alte, wie Sie sehen, vom Leben verlassen und vom Tode vergessen. Die arme Cristina hat natürlich damit gerechnet, daß das Opfer ihrer Schönheit, das sie dem Ruhm dargebracht hat, nicht so lange dauern und der Glanz dieses Ruhmes ihre Schönheit dann um so heller erstrahlen lassen würde. Eine Fehlkalkulation! Und nun will die Ärmste aus der Berühmtheit, der sie sich geopfert hat, jede noch so magere Genugtuung herausholen, derer sie habhaft werden kann: und so schleppt sie ihren Mann überallhin; es ist ein Wunder, daß sie sich seine unzähligen italienischen und ausländischen Orden und Ehrenzeichen nicht noch um den Hals hängt. Der Alte aber, na ja! der Alte rächt sich dafür: so wie hier schläft er überall, müssen Sie wissen! Er schläft und schläft. Und man kann noch von Glück sagen, daß er nicht schnarcht dabei!«

Vittorino Lamanna fühlte, wie ihm vor lauter Mutlosigkeit die Arme schlaff wurden. Er dachte an die bevorstehende Lesung seiner Komödie, dieweil der Alte schlief; er dachte an den Ausspruch eines berühmten französischen Theaterautors: daß Schlafen während der Lesung oder Aufführung eines Bühnenstückes auch als Meinungsäußerung zu bewerten sei, und so entfuhr ihm:

»O Gott! Was soll das geben?«

Bei diesem naiven Ausruf lachte Signora Venanzi aus vollem Herzen.

»Sie brauchen nichts zu fürchten, Sie brauchen überhaupt nichts zu fürchten!« sagte sie. »Wir werden ihn schon munter halten. Aber Sie werden sehen, daß es gar nicht nötig sein wird. Ihre Kunst wird das Wunder von selbst vollbringen.«

»Aber Sie sagen doch, daß er immer schläft!«

»Nein: ganz so schlimm ist das auch wieder nicht! Und wenn schon, dann setzen wir einfach den Gabrini neben ihn, wissen Sie, Ihren Quälgeist. Oh, Gabrini ist fürchterlich! Der ist imstande und zwickt ihn insgeheim. Lassen Sie mich nur machen!«

In diesem Augenblick kam Flora herein, Signora Venanzis wunderschöne Tochter, um ihre Mutter zu holen. Casimiro Luna war mit dem Bericht über sein »Interview« fertig und hatte sich in aller Eile empfohlen.

Signora Venanzi streichelte ihre prächtige Tochter in Gegenwart des jungen Mannes, brachte ihr das Haar in Ordnung, strich über ihrem vollen Busen die Falten der seidenen Bluse glatt. Flora duldete es lächelnd, die Augen auf den jungen Mann gerichtet, dann sagte sie zur Mutter:

»Weißt du, daß auch Donna Cristina gegangen ist?«

Da wurde die Mutter ernstlich böse.

»Gegangen ist sie? Und läßt mir dieses schlafende Mausoleum zurück? Das ist aber wirklich stark! Wo ist sie denn hin?«

»Hm«, erwiderte die Tochter seufzend. »Sie hat gesagt, sie käme bald wieder.«

Dann wandte sie sich Lamanna zu und sagte:

»Seien Sie ´unbesorgt: ich wecke ihn gleich für Sie, mit einer Tasse Tee.«

Lamanna, schon in größter Unruhe, hätte Signora Venanzi am liebsten gebeten, die Lesung der Komödie ausfallen zu lassen und zu gestatten, daß er sich heimlich davonmachte. Doch Signora Alba Venanzi hatte sich bereits erhoben und die Zwischentür geöffnet, um mit ihrer Tochter in den Salon zurückzukehren.

Als diese — eine Tasse Tee in der einen, das Kännchen mit Milch in der anderen Hand — bald darauf die englische Dame neben De Marchis bat, ihn am Arm zu rütteln, hätte Vittorino Lamanna, nun völlig nervös, ihr am liebsten zugerufen: »So lassen Sie ihn doch schlafen, zum Kuckuck!« Solcherart hätten diejenigen, die nichts vom Dauerschlaf des Alten wußten, den Grund dazu in Lunas Bericht und nicht in der bevorstehenden Lesung seiner Komödie sehen können.

Alessandro De Marchis starrte, wachgerüttelt, mit aufgerissenen Augen auf Flora:

»Ach, ja . . Guglielmo . . . Guglielmo Marconi . . .«

»Nein, verzeihen Sie, Senatore«, sagte Flora lächelnd. »Mit oder ohne Milch?«

»Mit . . . mit Milch, ja, danke.«

Nachdem er den Tee getrunken hatte, blieb er wach. Vittorino Lamanna der sich bereits zum Vorlesen anschickte, schmeichelte sich in der Hoffnung, daß seine Komödie tatsächlich imstande sein würde, die Aufmerksamkeit des Alten zu wecken, wie Signora Venanzi es vorausgesagt hatte, und las mit lauter Stimme den Titel: *Konflikt*.

Er las die Liste der Personen, die Beschreibung des Bühnenbildes und warf einen raschen Blick auf De Marchis.

Der saß immer noch mit zusammengezogenen Augenbrauen da und schien ganz Aufmerksamkeit. Lamanna
fühlte sich in seiner schmeichelhaften Hoffnung bestärkt
und begann, mit neuem Mut die erste Szene zu Gehör zu
bringen.

Es habe in seiner Absicht gelegen, sagte er, einen Seelen-
konflikt darzustellen. Ein alter, noch rüstiger Wohltäter
hatte die Empfängerin dieser Wohltaten geheiratet; diese, bald danach von Liebe zu einem jungen Mann ergriffen, wurde hin- und hergerissen zwischen Pflichtge-
fühl, Dankbarkeit und dem Abscheu, den sie bei der
Erfüllung ihrer ehelichen Pflichten empfand, während
doch ihr Herz von dem anderen erfüllt war. Betrügen,
nein; doch lügen, nein, das auch nicht!

Nun, wer weiß! vielleicht würde De Marchis in dieser
dramatischen Situation einen dem seinen ähnlichen Fall
erkennen und bis zuletzt aufmerksam zuhören. Und
Lamanna las mit großer Wärme weiter.

Auf einmal merkte er jedoch an den Augen der Zuhörer,
daß der Alte wieder entschlummert war. Er wagte nicht,
zu ihm hinzusehen, um sich Gewißheit zu verschaffen.
Statt dessen suchte er Gabrinis Blick und entdeckte
ihn auch sogleich, voll beißender Ironie auf sich
gerichtet.

»Mit sechsundachtzig, an der Schwelle des Todes ...«
glaubte er in diesem Blick zu lesen, und merkte sofort,
wie ihm vor Ärger alles Blut zu Kopf stieg; er wurde
verwirrt, verhaspelte sich, verlor Ton, Wärme und Maß;
und unter heftigem Ohrensausen und von einer stetig
wachsenden Verzweiflung gepackt, quälte er sich beim
Vortrag seines Werkes bis zum Ende durch.

Für ihn und für die andern war es eine Tortur, die eine
Ewigkeit zu dauern schien. Als er fertig war, konnte er
kaum erwarten, wieder allein und zu Hause zu sein,
um diesen seinen *Einakter*, der ihm Anlaß zu so unsäg-

licher Marter gewesen, in tausend winzige Fetzen zu zerreißen.

Eine halbe Stunde später befand sich im Salon Venanzi niemand mehr mit Ausnahme des alten Mannes, der in seinem Lehnstuhl schlief, den Kopf auf die Brust gesenkt und mit schlaffen Lippen, von denen ein Speichelfaden auf die Weste hing.

Im anliegenden Kabinett erörterten Mutter und Tochter den überaus ungünstigen Eindruck, den Lamanna gemacht hatte, und knabberten dabei ein paar überzuckerte Veilchen.

»Ach!« rief die Mutter unvermittelt. »Die kommt nicht mehr zurück! Wir müssen den Alten wecken.«

Sie begaben sich in den Salon und musterten eine Weile peinlich berührt und zugleich angewidert den berühmten Schläfer, in dem jeder Funke von Intellekt schon vor geraumer Zeit erloschen war.

Sie rüttelten ihn erst sanft und dann immer stärker. Alessandro De Marchis brauchte etwas Zeit, bis er begriff, daß seine Frau ihn dort hatte sitzen lassen.

»Wenn Sie wünschen«, sagte Signora Venanzi, »lasse ich Sie nach Hause bringen.«

»Nein«, erwiderte der Alte und versuchte ein paarmal, sich vom Lehnstuhl zu erheben. »Es genügt . . . es genügt bis zum untersten Treppenabsatz. Dann setze ich mich in den Wagen.«

Endlich gelang es ihm, sich hochzurappeln; er sah Flora an und tätschelte ihr die Wange.

»Du siehst etwas mitgenommen aus«, sagte er. »Was fehlt dir denn, mein hübsches Kind? Macht dir etwa die Liebe zu schaffen?«

Flora zuckte lächelnd mit einer Schulter, ohne rot zu werden.

»Wo denken Sie hin, Senatore!«

»Schlecht!« fuhr De Marchis fort. »Mit neunzehn muß

man lieben. Und glaub mir, es gibt nichts Schöneres, mein hübsches Kind.«

Er trat langsam auf eine Konsole zu, um sein Gesicht in einem großen Rosenstrauß zu versenken; dann seufzte er, während er es zurückzog:

»Armer Alter . . .«

Sehr langsam und mit großer Mühe stieg er, auf den Hausdiener gestützt, die Treppe hinunter; er setzte sich in den Wagen, und bald darauf war er auch dort wieder eingeschlafen, ohne die geringste Ahnung, daß am Abend die bekanntesten Zeitungen in der Spalte »Gesellschaftschronik« von ihm sprechen würden, von seiner großen Genugtuung über Guglielmo Marconis Erfolge, von seiner außerordentlichen Sympathie für Casimiro Luna, desgleichen seinem väterlichen Wohlwollen gegenüber Vittorino Lamanna, dem jungen, vielversprechenden Bühnenautor.

Den Tod am Leib

»Ach, hab' ich's mir doch gleich gedacht! Sie, ein gesetzter Mann, sind . . . Sie haben den Zug verpaßt?«

»Ja, stellen Sie sich vor, um eine Minute! Ich komme zum Bahnhof und sehe, wie mir der Zug vor der Nase wegfährt.«

»Wären Sie ihm doch nachgelaufen!«

»Eben. Ich weiß, es ist zum Lachen. Du lieber Gott, wenn ich nur durch all die Pakete und Päckchen nicht so behindert gewesen wäre . . . Ich war ja beladener als ein Packesel! Aber die Frauen — Einkäufe . . . Einkäufe . . . — das findet kein Ende! Drei volle Minuten, glauben Sie mir, habe ich gebraucht, nachdem ich aus dem Wagen gestiegen bin, um mir die Schlaufen all dieser Päckchen über die Finger zu ziehen: zwei Päckchen an jedem Finger.«

»Das muß lustig gewesen sein . . . Wissen Sie, was ich gemacht hätte? Ich hätte sie einfach im Wagen gelassen.«

»Und meine Frau? Haha! Und meine Töchter? Und all ihre Freundinnen?«

»Großes Gezeter! Ich hätte einen Mordsspaß dabei gehabt.«

»Vielleicht wissen Sie nicht, wie Frauen in der Sommerfrische werden!«

»Und ob ich das weiß! Eben, weil ich's weiß. Sie beteuern, sie würden dort überhaupt nichts brauchen.«

»Als ob das alles wäre! Sie bringen es fertig und behaupten, daß sie überhaupt nur wegfahren, um zu sparen! Und kaum sind sie dann in irgendeinem kleinen Nest in der Umgebung: je häßlicher, je erbärmlicher und schmutziger, desto mehr versteifen sie sich drauf, es mit ihrem aufwendigsten Putz auszustaffieren! Oh, die Frauen, mein lieber Herr! Aber schließlich ist das ja ihr Metier ... — ›Wenn du einen Sprung in die Stadt machen könntest, Liebling! Ich brauchte unbedingt das ... und das ... und wenn es dir nichts ausmacht (reizend dieses Wenn-es-dir-nichts-ausmacht!), könntest du auch gleich ... und wenn du schon mal da bist, noch rasch im Vorbeigehen ....‹ — Aber Liebling, wie soll ich denn in drei Stunden alles schaffen? — ›Huch, was du nicht sagst! Du nimmst einen Wagen ...‹ — Das Malheur ist eben, verstehen Sie, daß ich nur drei Stunden bleiben sollte und den Hausschlüssel nicht mitgenommen habe.«

»Nicht schlecht! Also ...«

»Habe ich den ganzen Berg von Paketen und Päckchen in der Gepäckaufbewahrung am Bahnhof gelassen; habe in einer Trattoria zu Abend gegessen, und bin dann, um mir den Ärger zu vertreiben, ins Theater gegangen. Zum Umkommen vor Hitze. Wie ich herauskomme, sage ich mir, was soll ich jetzt tun? Im Hotel schlafen? Es ist schon Mitternacht; um vier nehme ich den ersten Zug; die Ausgabe lohnt sich nicht, um knapp drei Stunden zu schlafen. Und so bin ich hier gelandet. Dieses Café bleibt doch offen, nicht wahr?«

»Ja, es bleibt offen, mein Herr. Sie haben also alle Päckchen in der Gepäckaufbewahrung am Bahnhof gelassen?«

»Warum? Sind sie da nicht sicher aufgehoben? Sie waren alle gut verschnürt ...«

»Aber nicht doch, so habe ich das nicht gemeint! Ja, ja, gut verschnürt, das kann ich mir vorstellen, mit jener besonderen Geschicklichkeit, wie sie die Verkäufer in den Geschäften daran setzen, die verkaufte Ware zu verpacken ... Was für Hände! Ein schöner, großer, doppelter Bogen glattes rosa Papier . . . es ist schon eine Freude, es nur anzusehen . . . so glatt, daß man sein Gesicht daran schmiegen möchte, um die kühle Liebkosung zu spüren . . . Sie breiten es auf dem Verkaufstisch aus und legen dann, mit ungezwungener Eleganz, den leichten, adrett zusammengefalteten Stoff mitten darauf. Erst nehmen sie mit dem Handrücken von unten den einen Teil hoch; dann biegen sie den andern Teil von oben herunter und machen, rasch und anmutig, auch noch einen kleinen Umschlag, gleichsam als Dreingabe aus Liebe zur Kunst; dann falten sie das Papier auf der einen wie auf der anderen Seite zu einem Dreieck und schieben die beiden Spitzen nach unten; sie strecken eine Hand nach der Schachtel mit der Schnur aus; sie ziehen so viel heraus, wie sie brauchen, um das Päckchen bequem zu verschnüren, und erledigen das so geschwind, daß man keine Zeit mehr hat, ihre Fingerfertigkeit zu bewundern, sondern allsogleich das Päckchen präsentiert bekommt mit fertiger Schlaufe, um den Finger hineinzustecken.«

»Oh, man merkt, daß sie den Verkäufern sehr genau zugesehen haben . . .«

»Ich? Ganze Tage bringe ich damit zu, mein lieber Herr. Ich bin imstande, eine Stunde lang vor einem Geschäft stehenzubleiben und durch die Scheibe hineinzuschauen. Ich vergesse mich ganz dabei. Mir kommt es vor, als sei ich, ja, ich möchte wirklich die Seide sein . . . das gestreifte Leinen, das rote oder himmelblaue Band, das sich die Kurzwarenverkäufer, sobald sie es am Meterstab abgemessen, haben Sie gesehen, wie sie das machen? wie eine Acht um Daumen und kleinen Finger der linken Hand schlingen, ehe sie es ins Papier einwickeln . . . Ich betrachte den Kunden oder die Kundin, wenn sie aus dem Geschäft kommen, mit ihrem Päckchen am Finger oder an der Hand oder auch unterm Arm . . . sehe ihnen

nach, bis ich sie aus den Augen verliere ... und male mir
dabei aus ... ach, was ich mir alles ausmale! das können
Sie sich nicht denken. Aber es nützt mir. Es nützt mir.«

»Es nützt Ihnen? Verzeihung ... was denn?«

»Mich so, ich meine, in meiner Vorstellung ... ans Leben zu klammern, wie sich einer an die Eisenstäbe eines
Tores klammert, der darüberklettern will. Oh, man darf
seiner Phantasie keinen Augenblick Ruhe gönnen ...
muß sich anschmiegen, sich mit ihr fortwährend an das
Leben der andern schmiegen ... aber nicht an das Leben
meiner Bekannten. Nein, nein. Das könnte ich nicht!
Wenn Sie wüßten, wie mich das abstößt ... wie mich
das anekelt ... An das Leben von Fremden, wo meine
Einbildungskraft sich frei entfalten kann, doch nicht
willkürlich, sondern unter Berücksichtigung auch der
kleinsten Anzeichen, die ich bei dem oder jenem beob-
achtet habe. Und wenn Sie wüßten, wie lange und wie
intensiv sie arbeitet, bis ich mich in jemanden hinein-
versetzen kann! Ich sehe die Wohnung von dem oder
jenem, ich lebe darin, atme darin, bis ich sogar ... wissen Sie, dieser ganz besondere Geruch, der in jeder Wohnung ist, in Ihrer, in meiner ... Nur merken wir's in der
eigenen Wohnung gar nicht mehr, weil es ja der Geruch
unseres eigenen Lebens ist; kann ich mich Ihnen ver-
ständlich machen? Nun, ich sehe, schon, Sie nicken ...«

»Ja, weil ... ich meine, es muß ein besonderes Vergnügen sein, das Sie da empfinden, wenn Sie sich so viele
Dinge vorstellen ...«

»Vergnügen? Ich?«

»Ja ... ich meinte ...«

»Vergnügen, nicht die Spur! Aber sagen Sie: sind Sie
noch nie von einem tüchtigen Arzt untersucht worden?«

»Nein, ich nicht. Warum? Ich bin doch nicht krank!«

»Nein, nein! Ich frage nur, weil ich wissen möchte, ob
Sie im Haus eines solchen tüchtigen Arztes jemals den

Raum gesehen haben, in dem die Patienten auf ihre Untersuchung warten.«

»Oh, doch ... einmal mußte ich meine Tochter begleiten, sie hatte es mit den Nerven.«

»Schön. Das interessiert mich nicht. Ich meine, diese Räume ... Haben Sie darauf geachtet? Diese Sofas, mit dunklem Stoff überzogen, altmodisch ... diese Polsterstühle, die oft nicht zusammenpassen ... Alles zufällig erstandener Kram, Gelegenheitskäufe, für die Patienten bestimmt; das gehört nicht etwa zur Wohnungseinrichtung. Für sich, für die Freundinnen seiner Frau, hat der Herr Doktor ein ganz anderes Empfangszimmer, reich und prächtig ausgestattet. Wer weiß, welchen Mißton ein Stuhl, ein Sessel aus jenem Empfangszimmer hier in diesem Warteraum für Patienten hervorrufen würde, für den die schäbige Einrichtung gerade gut genug ist! Ich möchte wissen, ob Sie sich, als Sie Ihre Tochter hinbegleiteten, den Sessel oder den Stuhl genau angesehen haben, auf dem Sie warteten.«

»Nein, eigentlich nicht ...«

»Nun, Sie waren ja nicht krank ... Aber auch die Kranken achten oft nicht darauf, die sind ganz von ihrem Leiden gefangen. Und doch, wie oft sitzen manche da und starren auf ihren Finger, der sinnlose Zeichen auf der polierten Armlehne des Sessels beschreibt, auf dem sie sitzen! Sie grübeln, und sie sehen nichts. Aber was für ein Eindruck ist das erst, wenn man nach der Untersuchung zurückkommt, durch das Wartezimmer läuft und den Stuhl wiedersieht, auf dem man eben noch, in Erwartung des Urteils über sein noch unbekanntes Leiden, gesessen hat! Wenn man ihn von einem andern Patienten besetzt sieht, auch er mit seinem versteckten Leiden; oder auch leer, unbeteiligt, in der Erwartung, daß irgendein anderer auf ihm Platz nehmen wird ... Aber wovon sprachen wir eigentlich? Ach so ... Das Vergnügen der Vorstellungskraft . . . Wer weiß, warum ich gleich an einen dieser Wartezimmerstühle gedacht habe, auf denen die Patienten vor der Untersuchung . . .«

»Ja . . . wirklich . . .«

»Sie verstehen es nicht? Ich auch nicht. Es ist eben so, daß bestimmte Assoziationen von Bildern, die weit auseinanderliegen, so persönlich auf einen jeden von uns zugeschnitten sind, daß der eine den andern nicht verstehen würde, wenn wir es uns beim Reden nicht versagten, Gebrauch davon zu machen. Nichts kann unlogischer sein als diese Analogien. Aber vielleicht könnte man folgende Beziehung herstellen, sehen Sie: — Würden diese Stühle Vergnügen daran finden, sich vorzustellen, wer der Patient ist, der in Erwartung der Untersuchung auf ihnen Platz nimmt? Was für ein Leiden er mit sich herumträgt? Wohin er sich nach der Untersuchung begeben und was er tun wird? — Nicht das geringste Vergnügen. Genauso geht es mir: nicht das geringste! So viele Patienten kommen, und da stehen sie, die armen Stühle, und warten, daß man auf ihnen Platz nimmt. Nun, ich suche mir eine ähnliche Beschäftigung. Einmal beschäftigt mich dieser, einmal jener. In diesem Augenblick sind Sie es, mit dem ich mich beschäftige, und Sie können mir glauben, daß ich nicht das geringste Vergnügen empfinde über Ihren verpaßten Zug, über Ihre Familie, die Sie in der Sommerfrische erwartet, über all Ihre Verdrießlichkeiten, die ich mir vorstellen kann . . .«

»Mehr als genug, kann ich Ihnen versichern!«

»Danken Sie Gott, wenn es nur Verdrießlichkeiten sind. Es gibt Menschen, denen Schlimmeres auferlegt ist, lieber Herr. Ich sage Ihnen, es ist mir ein Bedürfnis, mich in meiner Vorstellungskraft an das Leben anderer Menschen zu klammern, aber nur so, ohne Vergnügen daran zu haben, ohne mich im geringsten dafür zu interessieren, im Gegenteil ... ganz im Gegenteil ... um die Verdrießlichkeiten des Lebens zu erkennen, um es für dumm und eitel zu erachten, so daß es wahrlich niemandem schwerfallen dürfte, wenn es zu Ende geht. Und das müssen wir uns wohl vor Augen halten, wissen Sie? Unerbittlich und mit immer neuen Beweisen und Beispielen für uns selbst. Denn, mein lieber Herr, wir wissen zwar nicht, woraus sie besteht, aber sie ist da, sie ist unwiderruflich da, und wir alle spüren sie, wie eine Beklemmung in der Kehle, die Lust am Leben nämlich, die man nie stillt, die man nie stillen kann, denn das Leben ist im Augenblick, wo wir es erleben, so auf sich selbst versessen, daß man ihm keinen Geschmack abgewinnen kann. Der Geschmack liegt in der Vergangenheit, die in uns lebendig bleibt. Die Lust am Leben kommt von dort, von den Erinnerungen, die uns festhalten. Woran festhalten? An diesen Sinnlosigkeiten, an diesen Widerwärtigkeiten .... an so vielen törichten Illusionen, läppischen Beschäftigungen ... Ja, ja. Das, was jetzt und hier eine Torheit ist ... das, was jetzt und hier eine Verdrießlichkeit ist ... und ich gehe sogar so weit zu sagen, was jetzt ein Unglück für uns ist, ein echtes Unglück ... jawohl, meine Herrschaften, wer weiß, wie das in vier, fünf, zehn Jahren für uns aussehen wird ... Wie angenehm diese Tränen ... Und das Leben, schon der bloße Gedanke, es zu verlieren, besonders wenn man weiß, daß es sich nur noch um Tage handelt ... — Bitte ... sehen Sie dort? Ja, das meine ich, an der Ecke ... sehen Sie diesen traurigen Schatten von einer Frau? Da, jetzt hat sie sich versteckt!«

»Wie? Wer ... wer hat sich ...?«

»Haben Sie sie nicht gesehen? Sie hat sich versteckt ...«

»Eine Frau?«

»Meine Frau, ja ...«

»Ach! Ihre Frau?«

»Sie überwacht mich von weitem. Und, glauben Sie mir, am liebsten möchte ich sie mit Fußtritten traktieren. Aber das wäre zwecklos. Sie ist wie eine streunende Hündin, je mehr Fußtritte du ihr gibst, desto fester heftet sie sich an deine Fersen. Was diese Frau meinetwegen durchmacht, können Sie sich nicht vorstellen. Sie ißt nichts, sie schläft nicht mehr ... Tag und Nacht läuft sie mir nach, immer so ... auf Abstand ... Wenn sie sich wenigstens dieses Unding von einem Hut abstauben würde, das sie auf dem Kopf hat, und die Kleider ... Sie ist schon keine Frau mehr, nur noch ein Fetzen. Sogar ihr Haar, hier an den Schläfen, ist für alle Zeit staubig geworden; dabei ist sie eben erst vierunddreißig. Sie können sich nicht vorstellen, wie sie mich in Wut bringt. Manchmal gehe ich auf sie los und schreie ihr ins Gesicht: ›Dumme Pute!‹ und schüttle sie. Sie aber läßt sich alles gefallen. Dann sieht sie mich mit Augen an ... mit Augen, ich schwör's Ihnen, die mir das Verlangen in die Finger treiben, sie zu erwürgen. Nichts. Sie wartet, bis ich fortgehe, um mir wieder nachzulaufen. — Da, sehen Sie ... steckt sie den Kopf um die Ecke ...«

»Arme Frau ...«

»Ach was, arme Frau! Sie möchte, daß ich zu Hause sitze, verstehen Sie, ganz still und friedlich soll ich dort bleiben, wie sie's haben will, und ihre liebevolle und überströmende Pflege über mich ergehen lassen ... Mich an der tadellosen Ordnung in allen Zimmern freuen, an der Makellosigkeit aller Möbel, an dem spiegelblanken Schweigen, wie es stets in meiner Wohnung herrschte, vom Ticktack der Pendeluhr im Empfangszimmer abgemessen ... Das will sie haben! Und ich frage Sie nur, um Ihnen den Widersinn begreiflich zu machen ... Aber nein, was heißt da Widersinn! Die makabre Grausamkeit dieses Verlangens, ich frage, ob Sie es für möglich halten, daß die Häuser von Avezzano, die Häuser von

Messina im Wissen um das Erdbeben, das sie kurz darauf zerstören würde, ganz ruhig im Mondschein und in geordneter Reihe längs der Straßen und Plätze gemäß der Planung der städtischen Baukommission hätten stehenbleiben können? Sogar Häuser, zum Donnerwetter! aus Balken und Steinen wären davongelaufen! Stellen Sie sich die Einwohner von Avezzano, die Einwohner von Messina vor, wie sie sich in aller Ruhe ausziehen, um zu Bett zu gehen, ihre Kleider ordentlich hinlegen, ihre Schuhe vor die Tür stellen, sich unter der Decke ausstrecken und die kühle Sauberkeit frischgewaschener Laken genießen im Bewußtsein, daß sie in wenigen Stunden tot sein werden ... Halten Sie so etwas für denkbar?«

»Aber Ihre Frau ... vielleicht ...«

»Lassen Sie mich weiterreden! Mein Herr, wäre der Tod wie ein sonderbares, ekelhaftes Insekt, das man unvermutet an sich entdeckt ... Sie gehen auf der Straße; ein anderer Passant hält Sie plötzlich auf und sagt Ihnen, zwei Finger vorsichtig ausgestreckt: ›Verzeihung, verehrter Herr, Sie haben den Tod am Leib. Sie gestatten doch!‹ Und nimmt ihn mit den beiden vorgestreckten Fingern und wirft ihn weg ... Herrlich wäre das! Aber der Tod ist nicht wie so ein ekelhaftes Insekt. Viele, die ganz unbefangen spazierengehen und nicht im mindesten daran denken, tragen ihn vielleicht schon am Leib; keiner sieht ihn; und sie denken in aller Ruhe an das, was sie morgen und übermorgen zu tun vorhaben. Nun, lieber Herr, ich ... kommen Sie her ... hierher, unter diese Lampe ... kommen Sie ... ich will Ihnen etwas zeigen ... Sehen Sie hier, unter dem Schnurrbart ... ja, hier, sehen Sie die violette Beule? Wissen Sie, wie das heißt? Oh, es ist ein köstlicher Name, köstlicher als ein Bonbon: *Epitheliom* heißt es. Sprechen Sie es aus ... Sie werden sehen, wie köstlich: *Epi-theli-om* ... Der Tod, verstehen Sie, ist an mir vorübergegangen. Er hat mir diese Blume an den Mund gesteckt und zu mir gesagt: ›Behalte sie, mein Lieber, in acht oder zehn Monaten komme ich wieder!‹ Nun sagen Sie mir, ob ich mit dieser Blume am Mund ruhig und unbekümmert weiterleben kann, wie diese Unglückselige es haben will. Ich schreie sie an: ›Ach so, du willst, daß ich dich küsse?‹ — ›Ja, küsse mich!‹ — Und wissen Sie, was sie getan hat? Vorige Woche hat sie sich mit einer Stecknadel hier an der Lippe geritzt, und dann hat sie meinen Kopf in die Hände genommen: sie wollte mich küssen ... auf den Mund küssen ... Weil sie mit mir sterben will, wie sie sagt. Sie ist von Sinnen. Zu Hause halte ich es nicht mehr aus. Ich muß vor den Schaufenstern stehen und die Geschicklichkeit der Verkäufer bewundern. Denn, verstehen Sie, sobald in meinem Innern ein Augenblick der Leere entsteht ... verstehen Sie, könnte ich auch ohne weiteres alles Leben in einem Menschen auslöschen, den ich nicht kenne ... den Revolver ziehen und jemanden wie Sie umbringen, der unglückseligerweise den Zug verpaßt hat ... Nicht doch, Sie brauchen keine Angst zu haben, lieber Herr: ich spreche im Scherz! — Jetzt gehe ich. Wenn überhaupt, dann würde ich mich selbst umbringen ... Aber gerade jetzt gibt es so gute Aprikosen ... Wie pflegen Sie die eigentlich zu essen? Mit der Schale, nicht wahr? Man bricht sie in der Mitte entzwei: preßt sie mit zwei Fingern, der Länge nach, wie zwei saftige Lippen ... Oh, eine Wonne! — Richten Sie Ihrer verehrten Frau Gemahlin und auch Ihren Töchtern in der Sommerfrische meine verbindlichsten Grüße aus. Ich stelle sie mir vor, weiß und himmelblau gekleidet, auf einer schönen, grünen Wiese im Schatten ... Und tun Sie mir einen Gefallen, morgen früh, wenn Sie dort ankommen. Ich denke mir, das kleine Dorf liegt in einiger Entfernung vom Bahnhof ... Im Morgengrauen kön-

nen Sie den Weg zu Fuß machen. Der erste kleine Gras-
büschel am Straßenrand. Zählen Sie die Halme für mich.
Soviele Halme er hat, soviele Tage werde ich noch leben. Aber suchen Sie einen schönen, dicken Büschel aus,
bitte. Gute Nacht, lieber Herr.«

Der böse Geist

Carlo Noccia war als junger Mann etwa sieben Jahre lang Kaufmann in Afrika, und zwar in Bône, gewesen; in der ersten Zeit hatte er Hunger gelitten, und nur unter allergrößter Mühe, mit Wagemut und unglaublicher Zähigkeit war es ihm gelungen, eine bescheidene Summe auf die Seite zu legen.

Nach Sizilien zurückgekehrt, wollte er vor den dortigen Kaufleuten, seinen Landsleuten, die als Produzenten und Makler mit Zitrusfrüchten und Schwefel handelten, Diebsgesindel, das gewohnt war, sich mit allen möglichen Gaunereien durchzuschlagen, wollte er vor ihnen nicht als Einfaltspinsel gelten und fühlte sich genötigt, durchblicken zu lassen, daß er sein Geld in der Fremde gleichfalls mit derlei Fertigkeiten verdient habe. Folglich mußte er sich ihrer Denkungsart anpassen, seine Mühe und deren Früchte in den Schmutz ziehen, um sich in den Augen dieser Leute Wertschätzung und Achtung zu erwerben. Also ließ er sich mit der Miene eines abgefeimten Gauners in der lärmenden Betriebsamkeit des kleinen Seehafens blicken, zwischen den großen Schwefelhalden am Strand; an Bord der Schiffe jeder Nationalität, bei den Matrosen und Dolmetschern und Schauerleuten und Stauern; begierig sog er den Geruch von Teer und Pech ein, während ihm vom ätzenden Schwefelstaub in der Luft die Augen tränten. Betäubt vom Geschrei der Bootsleute und Hafenarbeiter, inmitten der ewigen, lärmenden Streitereien, unter dem Heulen der Sirenen und dem Rauch der Maschinen, glaubte er ehrlichen Herzens, daß der Zwang zu betrügen und die bösen Gedanken aus der Gärmasse dieses erregten Lebens kämen, aus den Schlünden der Laderäume und selbst aus dem Wasser des schwefel- und kohleverschmutzten Meeres, aus dem fauligen Schwemmgut trockener Algen auf dem zerpflügten Strand, wo sich die Spuren der pausenlos kreischend darüberfahrenden, mineralbeladenen Karren tief eingegraben hatten; er glaubte ehrlichen Herzens, daß er, ungewollt und allein dadurch, daß er hier lebte und diese Luft atmete, jene Fertigkeit binnen kurzem erlernen würde; und war überglücklich, als er den Beweis dafür erhielt, daß die andern schon vermeinten, er brauche nichts mehr hinzuzulernen. Ganz unverhofft sah er sich an die Spitze eines der größten Schwefellager gestellt. Der Besitzer, ein ehrgeiziger junger Mann, der nach dem plötzlichen Hinscheiden seines Vaters das Universitätsstudium hatte aufgeben müssen, war in geschäftlichen Dingen völlig unbewandert und vor allem darauf bedacht, sich mit Dienstleistungen und Gefälligkeiten die Gunst seiner Mitbürger zu erwerben, um zum Bürgermeister gewählt zu werden. Natürlich wurde er im Handumdrehen zum Opfer der gerissensten Spekulanten am Ort, insbesondere eines gewissen Grao, der ihn in ein großangelegtes Projekt verwickelte mit dem höchst löblichen Ziel, das Schwefelgeschäft von der Ausbeutung durch ausländische Exportunternehmen zu befreien, die ihren Sitz in den größeren Städten der Insel hatten; ein Projekt, durch das er in kurzer Zeit sein Vermögen verhundertfachen (das wäre noch bescheiden ausgedrückt!), als Retter der sizilianischen Schwefelindustrie gepriesen und ohne jeden Zweifel alsbald zum Bürgermeister gewählt werden würde.

Noccia bewunderte diesen Grao vor allen andern; er betrachtete ihn als leibhaftiges Orakel. Vielleicht hatte dessen wunderschöne Tochter, in die er verliebt war,

nicht geringen Anteil beim Aufkommen einer so unein-
geschränkten Bewunderung und eines so blinden Vertrauens. Als Grao jedenfalls seinen Prinzipal in jenes
große Projekt verwickelte, und dieser ihn, seinen La-
geraufseher und Verwalter, um Auskünfte und Erläuterungen über das Wechselspiel von Hausse und Baisse
ersuchte, dem er ihn aussetzte, versorgte er ihn stets im
besten Glauben mit den Auskünften und Erläuterungen,
die Grao ihm insgeheim und ohne daß es diesen Anschein gehabt hätte, bereits eingeblasen hatte. Doch bei
Ablauf der Verbindlichkeiten sah sich sein Prinzipal,
sooft er auf Baisse spekuliert hatte, stets einer erschrek-
kenden Hausse gegenüber, und umgekehrt; so daß er in
weniger als einem Jahr seinen Bankrott erklären mußte.
Niemand wollte Noccia abnehmen, daß er guten Glaubens gehandelt hätte. Wie hätte er denn nicht merken
sollen, daß Grao jedesmal in betrügerischer Absicht ein
falsches Spiel getrieben hatte?
Er hatte es nicht bemerkt, weil auch er blind an jenes
große Geschäft geglaubt hatte, das seines Prinzipals Vermögen wenn nicht gerade verhundertfachen, so doch um
Beträchtliches vermehren würde. Nach dem ersten, dem
zweiten, dem dritten mißlungenen Coup hatte er ehrlich
an Graos Verzweiflung geglaubt und auch daran, daß
nur durch die neuerlich vorgeschlagene Spekulation Rettung und Wiedergutmachung des Schadens ermöglicht
werden würden.
Als Beweis seines guten Glaubens diente schließlich auch
der Umstand, daß er mit dem Ruin seines Prinzipals
auch seinen eigenen zu beklagen hatte: er hatte seine
Stellung verloren und, was ihn noch mehr bekümmerte,
obendrein die Hoffnung, Graos Tochter zur Frau zu
bekommen; und so fiel er aus allen Wolken, als Grao ihn
mit offenen Armen empfing, sich bei ihm für das, was er
getan hatte, bedankte, und ihm als Lohn dafür seine

Tochter mit mehr als dreihunderttausend Lire Mitgift zur Frau gab.

Da beteuerte er auch vor Grao seine Unschuld und seinen guten Glauben; doch der zwinkerte nur listig mit den Augen, klopfte ihm auf die Schulter und gab ihm zu verstehen, daß er ihn, gerade wegen dieser Versicherung als würdigen Kumpanen, ja, als würdigen Schwiegersohn betrachte; und noch etwas gab er ihm zu verstehen: daß niemand ihn dafür loben würde, daß er seine Stellung und die bewußte Spekulation nicht ausgenutzt hatte, um sich selbst zu bereichern, daß alle Welt ihn sogar als Trottel und Versager betrachten würde, nicht anders als seinen Prinzipal, und daß er wie dieser nichts anderes verdiene, als übers Ohr gehauen und mit einem Fußtritt in die Ecke befördert zu werden.

Indessen bekam er unversehens den wilden Haß aller seiner Mitbürger zu spüren, die ihm den Wohlstand mißgönnten, zu dem er es durch die Heirat mit der Tochter des steinreichen Spekulanten gebracht hatte. Sie nannten ihn Judas, glaubten, daß er zu jeder Niedertracht und Falschheit fähig sei, und vergällten ihm mit dieser Meinung sogar die Liebe zu seiner Frau.

Er wollte beweisen, zum Teufel, daß er nicht der war, für den alle ihn hielten; doch bei drei oder vier Gelegenheiten ward, ohne daß er eine Ahnung hatte, wieso und warum, unvermittelt der gegenteilige Beweis erbracht, und eines Tages sah er sich wegen eines unerklärlichen Briefkopfes auf einer falschen Rechnung um ein paar hundert Lire sogar vor Gericht zitiert, und zwar von einem Untergebenen, den er mit Wohltaten überhäuft hatte.

Da begann Noccia an die Existenz eines bösen Geistes zu glauben, geboren und gespeist aus Haß, Neid, Groll, bösen Gedanken, kurz und gut aus allem Bösen, das unsere Feinde uns wünschen; ein böser Geist, der allzeit um uns ist, hurtig und wachsam und bereit, uns unter Ausnutzung unserer Zweifel und unserer Verblüffung zu schaden, mit Drängen, Gedanken, Ratschlägen und Einflüsterungen, die auf den ersten Blick hochanständig und weise erscheinen und wie ein durchaus vernünftiger Rat, sich dann aber unversehens als falsch und verfänglich erweisen, so daß unser Verhalten in den Augen der anderen wie in unseren eigenen Augen auf einmal in einem Zwielicht erscheint, aus dem wir, überrumpelt wie wir sind, keinen Ausweg mehr wissen.

Gewiß war es dieser böse Geist, der ihn eine falsche Rechnung hatte schreiben lassen.

Indessen hielten seine Mitbürger, bitte sehr, ihn sogar für fähig, sich auf Kosten eines armen Teufels ein paar hundert Lire anzueignen. Von diesem Zeitpunkt an hielt jeder sich für berechtigt, ihm das vorzuenthalten, was er ihm schuldete, so daß er gezwungen war, jedesmal einen Prozeß zu führen, um zu seinem Recht zu kommen.

Nun, wegen eines solchen Prozesses, der sich schon geraume Weile vor Gericht hinschleppte, und den Noccia, müde und entmutigt, eigentlich am liebsten abgebrochen hätte, wenn ihn der Zorn nicht bewogen hätte, ein weiteres Mal den Beweis erbringen zu wollen, daß das Recht auf seiner Seite war, befand er sich jetzt auf der Reise nach Rom, um persönlich die Fürsprache seines Bezirksabgeordneten zu erbitten.

Er war schon siebenundvierzig Jahre alt, und sein Gemüt hatte sich ob dieses ewigen Haders voll Haß und Neid bis in die Tiefen hinein verdüstert.

Wie ein bei einer Treibjagd verwundetes und in einen Käfig gestecktes wildes Tier sah er nunmehr mißtrauisch und finster um sich.

Die großen, hellen, stahlfarbenen Augen mit ihrem schrägen Blick erweckten in seinem verschlossenen, dunklen, von der Sonne auf den weitentfernten, glühenden Stränden Siziliens versengten Gesicht den Eindruck einer eigenartigen Leere. Und in diesem Gesicht verspürte er etwas wie ein ungewohntes Unbehagen wegen einiger Falten, die sich indes zuweilen glätteten, während er die Schönheit der Stadt bewunderte.

In seinem Rock trug er eine dicke Brieftasche mit vielen tausend Lire. Vielleicht hatte er bei der Abreise von Sizilien vorgehabt, sich wo nicht alle, so doch eine erkleckliche Anzahl der Vergnügungen zu gönnen, die eine Stadt wie Rom nun einmal bot und die ihm völlig neu waren. Doch infolge seiner finsteren Zurückhaltung, die ihm schon fast zur unbewußten Gewohnheit geworden war, hatte er in den vergangenen vier Tagen noch keiner Versuchung nachgegeben und fühlte sich statt dessen müde, bedrückt und unruhig.

Er hatte im Hotel *Nuova Roma* in der Nähe des Bahnhofs Quartier genommen und lief jedesmal viele Kilometer, nur um sich auf ein halbes Stündchen dorthin zurückzuziehen; doch bald kam er wieder heraus, ruheloser als zuvor und ohne Ziel.

So geriet er am Morgen des fünften Tages zufällig in ein kleines Café in Bahnhofsnähe, um dort die Zeit ein wenig totzuschlagen.

Es waren nur wenige Gäste da und viele Fliegen. Noccia bestellte ein Glas Bier und streckte die Hand zum Nebentisch aus, um sich die dort liegende Zeitung zu holen. Doch die Fliegen belästigten ihn. Um eine zu vertreiben, riß er die Zeitung entzwei; er wollte sie bezahlen, doch der Wirt ließ es nicht zu; beim Versuch, eine andere Fliege zu verjagen, hätte er beinahe sein Bierglas umgeworfen. So gab er seufzend das Lesen auf und streckte die Hände auf der ledergepolsterten Bank aus; gleich danach zog er die rechte Hand zurück, die etwas berührt hatte, und schaute hin.

Es war eine alte Geldbörse, die offensichtlich von einem Gast vergessen worden war.

Vielleicht war sie leer. Und wenn sie nicht leer war, was mochte sie enthalten? Ein paar Soldi vielleicht und einige Silberlire. Noccia blieb eine Weile unschlüssig, ob er sie an sich nehmen oder dem Caféwirt überlassen sollte, damit der sie ihrem Besitzer aushändigte, falls er sie suchen würde. Er musterte den Caféwirt hinter der Theke. Der sah nicht danach aus, als ob er die Geldbörse zurückgeben würde, falls sie etwas enthielte. Vielleicht wäre es doch angebracht, sich vorher zu vergewissern. Vorsichtig streckte er die Hand aus und ergriff die Börse. Sie hatte einiges Gewicht. Nun öffnete er sie einen Spalt breit und konnte darin einen Silberpiaster erkennen und zwei kleine Münzen zu zwei Centesimi. Wieder warf er einen Blick zum Caféwirt hinüber und zweifelte nicht im mindesten mehr daran, daß der Piaster und die beiden kleinen Münzen in der Schale unter der Theke landen würden.

Was tun? Ihm fiel ein, daß er tags zuvor in einer Zeitungschronik von einem *nachahmenswerten guten Beispiel* gelesen hatte: von einem Telegrammboten, der eine Brieftasche mit mehr als tausend Lire auf der Straße gefunden und sie bei der Polizei abgeliefert hatte. Dieses gute Beispiel nachahmen? Auf der Polizei würde man nach seinem Namen fragen, den man dann, zusammen mit der Meldung von der wiedergefundenen Geldbörse in die Zeitung setzen würde. Er überlegte, daß die Müßiggänger seines Dorfes im Club die römischen Zeitungen vom Leitartikel bis zur letzten Annonce auf der sechsten Seite durchzulesen pflegten. Wer auch immer ihn für fähig hielt, selbst wenige Lire zu veruntreuen, würde grinsend sagen, daß er die Börse der Polizei nur übergeben habe, weil sie nicht mehr als einen Piaster und vier Centesimi enthielt. Nun deuchte es ihn übertrieben, wegen einer so lächerlichen Summe soviel Aufhebens von seiner Ehrlichkeit zu machen. Was also war zu tun? Während er noch zögerte, hielt er es nicht für ratsam, die Geldbörse noch länger für jedermann sichtbar in der Hand zu behalten, und so steckte er sie in die Westentasche, um in Ruhe zu überlegen, ob es nicht besser wäre, sie zur Vermeidung von allen möglichen Scherereien wieder auf ihren Platz zurückzulegen. Aber vielleicht würde sie dann ein anderer, gewissenloser Gast an sich nehmen, ohne sich darüber Gedanken zu machen, während der Ärmste, der sie verloren hatte . . .

»Ach was«, sagte Noccia sich dann, »schließlich sind es nur fünf Lire . . .«

Gerade wollte er die Geldbörse aus der Tasche ziehen, als eine schmutzige alte Frau mit spitzem Gesicht in wilder Hast in das kleine Café rannte und auf sein Tischchen zustürzte. Sie zischte wie eine Natter, ihre Nase sah aus wie der Schnabel eines Käuzchens, und ihr Gesicht starrte von grauen Borsten; sie strich sich die verfilzten, zotteligen Haare aus den Augen, unter das schäbige Hütchen, das sie unterm Kinn festgebunden hatte.

»Da ist meine Geldbörse! Meine Geldbörse! Dort habe ich sie liegenlassen!«

Auf diese Weise überfallen, sah Noccia in die Fratze der Alten und vermutete augenblicklich, sie werde, da er sich die Geldbörse eingesteckt hatte, überzeugt sein, daß er sie sich habe aneignen wollen; so wandte er sich mit nichtssagendem, blödem Lächeln an sie und spielte den Ahnungslosen: »Eine Geldbörse? Wo denn?« Er rückte erst zur Seite und stand dann auf, um sie nur richtig suchen zu lassen: und als die Alte, nachdem sie auf der Bank und unter der Bank und zwischen den Tischbeinen mit einer Erregung gesucht hatte, die ihren Verdacht klar erkennen ließ, nun das mürrische Gesicht hob, ihn scheel ansah und fragte: »Sie haben sie nicht gefunden?«, da antwortete er, den es wurmte, daß er jetzt nicht mehr zwei Finger in die Tasche stecken konnte, um ihr die Börse zurückzugeben, da antwortete er eben darum mit hochfahrendem Stolz und errötete dabei bis ins Weiß seiner Augen:

»Sie sind wohl wahnsinnig?«

Der Caféwirt und die wenigen Besucher ergriffen seine Partei und erklärten ihm, als die Alte sich weinend und zeternd entfernt hatte, sie sei ein bedauernswertes armes Weib, immer wie betäubt und halb verblödet von Kaffee und Likör, womit sie sich vollaufen ließ, seit ihre einzige Tochter im Krankenhaus gestorben war.

Noccia saß jetzt wie auf glühenden Kohlen; er wollte auf der Stelle zahlen und fortgehen. Doch hatte er die Geldbörse der Alten zu der seinen in dieselbe Tasche gesteckt. Wenn nun beim Herausziehen der einen auch die andere zum Vorschein käme? Er fühlte, daß ihm das Blut zu Kopf stieg und seine Augen wie im Fieber glänzten. So holte er aus seinem Rock die mit Hundertlirescheinen gefüllte Brieftasche.

»Haben Sie kein Kleingeld?« fragte der Caféwirt verwundert.

Er fand keine Worte zur Erwiderung und schüttelte nur den Kopf. Einer der Gäste erbot sich, den Schein zu wechseln, Noccia gab ein Trinkgeld von fünf Lire und verließ das kleine Café.

Draußen war sein erster Gedanke, die Geldbörse in irgendeine dunkle Ecke zu werfen. Doch die letzte Auskunft, die man ihm im Café über die Alte gegeben hatte, daß sie nämlich ein armes Weib sei, die wegen des Todes ihrer Tochter halb den Verstand verloren hatte, ließ ihn eine solche Handlungsweise noch verächtlicher erscheinen. Auch wenn er sich eingestand, daß die Alte den

Verdacht gehabt hatte, er wolle die gefundene Geldbörse behalten, so war dieser Verdacht im Grunde ja nicht ungerechtfertigt, hatte er sich doch tatsächlich, indem er zuerst wie blöde gelacht, dann zur Seite gerückt und sich erhoben hatte, um sie an jener Stelle suchen zu lassen, gegen seinen Willen so verhalten, als ob er sich die Geldbörse tatsächlich hätte aneignen wollen. Und wenn er sie jetzt wegwürfe, hätte er nicht immer noch die Schuld einer Unterschlagung auf sich geladen? Ein anderer würde sie finden und sich nicht zur Rückgabe verpflichtet fühlen wie er, der wußte, wem sie gehörte, und der Eigentümerin ins Gesicht hinein gelogen hatte. Nein, nein: sie jetzt wegzuwerfen wäre noch gemeiner als das, was er zuvor getan hatte. Ferner bedachte er, daß die paar Gäste in dem kleinen Café und auch der Wirt an seiner wohlgepolsterten Brieftasche hatten merken müssen, daß er ein Herr war, ein Herr, der sich den Luxus leisten konnte, jener armen Alten zehn oder zwanzig Lire als Entgelt für die verlorene Geldbörse zu geben. Ja, das war es. Er würde in Gegenwart dieser Zeugen zwanzig Lire an der Theke für sie zurücklassen oder den Caféwirt nach der Adresse der alten Frau fragen, um ihr das Geld selbst zu überbringen.

Mit diesem Vorsatz kehrte Noccia um; doch da war auch schon wieder die Alte, die sich in der Nähe des Caféeingangs herumtrieb, sie hielt mit beiden Händen die über die Augen fallenden filzigen Haarsträhnen, ging gebückt und weinend umher und suchte immer noch auf dem Boden nach ihrer Geldbörse. Noccia hielt sie an, indem er sie leicht an der Schulter faßte; er zog zwei Zehnlirescheine aus seiner Brieftasche, reichte sie ihr ganz gerührt über sein gutes Werk und stotterte, sie möge das Geld als Ausgleich für ihren Verlust betrachten. Doch sah er sich unvermutet von der Alten gepackt, die ihn wütend schüttelte und zu kreischen anhob:

»Zwanzig Lire? Die willst du mir geben? Du Dieb! Und wo ist der Rest? Lumpige zwanzig Lire willst du mir geben? Haltet den Dieb! Haltet den Dieb!«

Von überallher liefen Leute herbei, auch zwei Polizisten, die bei Noccia, der sich — zunächst völlig verdattert, von hundert Händen gepackt — wütend zu befreien suchte, die Geldbörse fanden, die, jawohl, den Piaster zu fünf Lire enthielt, aber auch zwei alte Marenghi zu zwanzig Lire und nicht zwei kleine Münzen zu zwei Centesimi, wie Noccia beim flüchtigen Hinsehen im Café vermeint hatte. Darum hatte die Alte auch so zornig geschrien, wo denn der Rest sei.

Aber auch hundert, zweihundert, ja selbst tausend Lire hätte Noccia ihr jetzt gegeben. So zog er die Brieftasche! Indes hätte die Brieftasche, seien wir ehrlich, genausogut gestohlen sein können wie die Geldbörse. Und Noccia wurde zum Polizeipräsidium geschafft.

Nun ist es wohl offensichtlich, daß ein Dieb nicht daran denken würde, einen Teil seiner Diebesbeute zurückzugeben. Aber im allgemeinen nimmt man auch nicht an, daß ein Ehrenmann darauf verfallen könnte, eine Geldbörse einzustecken, die ihm nicht gehört, und das obendrein noch ins Gesicht hinein zu leugnen, wie Noccia es getan hatte. Man mußte ihn also in Gewahrsam behalten und aus Sizilien Auskunft über ihn einholen. Es wäre auch nicht vertretbar gewesen, an die Verfolgung durch einen bösen Geist zu glauben, von dem der Inhaftierte faselte.

Der Mann meiner Frau

Das Pferd und der Ochse las ich einmal in einem Buch, an dessen Titel und Autor ich mich nicht mehr erinnere, *das Pferd und der Ochse . . .*

Aber lassen wir ihn, den Ochsen. Und zitieren wir nur das Pferd.

Also, *das Pferd, das nicht weiß, daß es sterben muß, kennt keine Metaphysik. Wenn es jedoch wüßte, daß es sterben muß, würde das Problem des Todes letzten Endes auch für das Pferd zu einem weitaus schwierigeren Problem als das des Lebens.*

Heu und Gras zu bekommen, ist sicherlich ein sehr schwieriges Problem. Doch hinter diesem erhebt sich noch ein anderes Problem. »Wenn man zwanzig, dreißig Jahre lang geschuftet hat, um Heu und Gras zu bekommen, warum muß man dann sterben, ohne zu wissen, wozu man gelebt hat?«

Das Pferd weiß nicht, daß es sterben muß, und stellt sich dergleichen Fragen nicht. Vor dem Menschen jedoch, der — nach Schopenhauers Definition — ein metaphysisches Lebewesen ist (was soviel bedeutet wie EIN LEBEWESEN, DAS WEISS, DASS ES STERBEN MUSS), steht diese Frage immerfort.

Wenn ich mich nicht täusche, folgt daraus, daß alle Menschen Anlaß hätten, dem Pferde von Herzen zu gratulieren. Und insonderheit diejenigen metaphysischen Lebewesen, die krank sind wie zum Beispiel ich, und nicht nur wissen, daß sie binnen kurzem sterben müssen, sondern auch, was nach ihrem Tod in ihrem Haus geschehen wird, und, ohne daß sie es verübeln könnten.

Die Rückstände sind immer trüb. Der auströpfelnde Lebenssaft in mir wird ständig saurer, von einem Tag zum andern. Und indem ich diese wenigen Papierblätter beschreibe, will ich mir die nach Meerwasser schmeckende Genugtuung verschaffen (Genugtuung, die ich doch nicht mehr spüren werde), meine Frau wissen zu lassen, daß ich alles vorausgesehen habe.

Der Einfall kam mir heute früh. Und er kam mir, weil meine Frau mich in der Diele, hinter der Tür zum Empfangszimmer ertappt hat, wie ich lautlos und gebückt durchs Schlüsselloch spähte.

»Ha, du kennst doch keine Eifersucht«, schalt sie, »was treibst du denn hier! Sieh einer an! Sogar die Schuhe hast du ausgezogen, um nur ja kein Geräusch zu machen!«

Ich blickte auf meine Füße. »Barfuß!« Es stimmte. Und indessen lachte meine Frau aus vollem Halse. Was sollte ich sagen? Die albernsten Ausflüchte brachte ich vor: daß ich keineswegs spioniert hätte, daß mich die pure Neugier getrieben hätte, hindurchzuschauen: weil ich kein Klavierspiel mehr gehört hätte; weil ich den Maestro nicht hätte fortgehen sehen, und darum ...

Aber ich schwöre, daß ich mir (mit Verlaub zu sagen) die Schuhe schon seit geraumer Zeit ausgezogen hatte, ohne jeden Hintergedanken. Sie drückten mich. Und meine liebe Eufemia, die mich dort barfuß ertappt hat, sollte eigentlich wissen, warum sie mich drücken, und dürfte nicht darüber lachen, wenigstens nicht in meiner Anwesenheit. Ich habe Ödeme an den Füßen, und, um die Zeit totzuschlagen, betaste ich sie: ich presse sie zusammen, drücke den Finger hinein und sehe dann zu, wie die Vertiefung nach und nach wieder in die Höhe kommt.

Was jedoch nicht ausschließt, daß ich eine unverzeihliche Dummheit begangen habe.

Wo ich doch wußte, wo ich doch weiß, daß meine Frau diesen Musiklehrer nicht ausstehen kann! Und außerdem bin ich sicher, ganz und gar sicher, daß sie mir — solange ich lebe — nicht untreu werden wird. Sie ist mir in all den Jahren nicht untreu gewesen, und da sollte sie wegen einiger weniger Monate noch — sagen wir vier oder sechs — vom rechten Weg abkommen? Aber nein: sie wird sich gedulden, davon bin ich überzeugt, auch wenn es noch ein Jahr lang mit mir so weitergehen sollte.

Und außerdem kenne ich ihn, ich kenne ihn gut, den — (zukünftigen) — Mann meiner Frau! Auch was ihn betrifft, könnte ich die Hand dafür ins Feuer legen, daß er mir nicht die mindeste Unbill zufügen wird, solange mir noch Odem aus der Nase kommt.

Er ist, versteht sich, ein herzensguter Freund von mir: ein tadelloser junger Mann.

Nun, in Wahrheit nicht eben gar so jung. Vierzig Jahre, fast mein Alter. Aber ja, bei mir ist's, als wären es hundert; während er kräftig ist und fest verwurzelt im Leben wie ein Eichbaum im Wald; und zudem ausgestattet, wie die Alten zu sagen pflegten, mit »all den guten Eigenschaften, die für einen vollkommenen Ehemann erforderlich«: tadelloses Benehmen, hochherziges und liebenswürdiges Naturell.

Seine Fürsorge für mich beweist es.

Fast täglich, um nur eines zu erwähnen, kommt er mit dem Wagen, um mich an die frische Luft zu bringen. Er reicht mir den Arm und ist mir behilflich, ganz langsam die Treppe hinabzusteigen, wobei er mich zwingt, auf allen Treppenabsätzen, auf jeder Plattform solange stehenzubleiben, bis er bis hundert gezählt hat; sodann fühlt er mir den Puls, wie heftig er pocht, sieht mir in die Augen und fragt mit sanfter Stimme:

»Gehen wir weiter?«

»Gehen wir weiter!«

Auf diese Weise geht es langsam, ganz langsam bis unten hin. Nach der Ausfahrt tragen sie mich auf einem Stuhl — er auf der einen, der Portier auf der anderen Seite — wieder die Treppen hinauf.

Ich habe mich dagegen gesträubt, doch vergeblich. Es stimmt, ich kann keine sieben Stufen hintereinander steigen, ohne daß eine unerträgliche Atemnot mich überkäme; aber bitte: ich möchte nicht, daß der Freund sich soviel Mühe macht; und der Portier sollte sich von jemand anderem helfen lassen ... Ja, gewiß! Wenn Florestano nur könnte, würde er mich auch ganz allein, ohne fremde Hilfe hinauftragen! Nun, schließlich bin ich auch nicht schwer (allenfalls fünfundvierzig Kilo, mit sämtlichen Ödemen); und dann denke ich: dadurch, daß er mir hilft, will er sich sein zukünftiges Glück verdienen. Lassen wir ihn also!

Andererseits ist auch meine Frau Eufemia fast glücklich darüber, meinetwegen zu leiden, und möchte es gar in noch größerem Maße, um sich ebenfalls vor ihrem Gewissen das Anrecht zu erwerben, sich später ohne jeden Skrupel ihres Glücks zu erfreuen. Ein ehrbares Anrecht, ein durch und durch ehrbarer Lohn, den ihr weder das Leben noch das Gewissen verweigern können und den ich, um es noch einmal auszusprechen, ihr auch nicht verübeln dürfte.

Immerhin gebe ich zu, daß mich des öfteren fast der Wunsch überkommt, er und sie möchten zwei ausgemachte Schurken sein. Die Lauterkeit ihrer Absichten, die Vortrefflichkeit ihrer Gefühle werden für mich oft zur raffiniertesten aller Grausamkeiten, da ich mich, außerstande, irgendwie gegen das zu rebellieren, was ohne jeden Zweifel nach meinem Tode geschehen wird, zum Beispiel viele Male gezwungen sehe, meinen kleinen Jungen, meinen einzigen, kleinen Sohn zwischen die Knie zu nehmen und ihm beizubringen, daß er demjenigen Liebe und kindliche Achtung zu erweisen habe, der binnen kurzem sein zweiter Vater sein würde, sowie ihn zu ermahnen, auf daß er sich bemühe, jenem niemals Anlaß zur Klage über ihn zu geben. Und ich sage zu ihm: »Sieh mal, mein Carluccio: du hast schmutzige Händchen. Was hat dir doch gestern Onkel Florestano gesagt, als er dein tintenverschmiertes Näschen sah? Er hat gesagt: ›Wasch dich, Carluccio, oder man verhaftet dich, mußt du wissen!‹ Das stimmt aber nicht: Onkel Florestano hat nur Spaß gemacht. Heute steckt man niemand mehr ins Gefängnis, weil er schmutzige Hände hat. Wasch sie dir aber trotzdem, denn Onkel Florestano mag Kinder mit sauberen Händen. Er ist so gut und hat dich ja so gern, mein Carluccio; und auch du, weißt du, mußt ihn sehr, sehr gern haben und immer auf ihn hören, nicht wahr, damit er immer mit dir zufrieden ist. Hast du verstanden, mein kleiner Sohn?«

Und ich lobe über den grünen Klee all die kleinen Geschenke, die er ihm mitbringt, um Eufemia zu erfreuen. Mein armer kleiner Junge hält sich an meine Ratschläge und verehrt ihn bereits jetzt. Vor ein paar Tagen zum Beispiel ging Florestano mit ihm spazieren und erzählte mir lachend nach der Rückkehr, Carluccio sei, während sie miteinander einen von der Sonne prall beschienenen Platz überquerten, mit einem plötzlichen Aufschrei stehengeblieben und habe ihn ganz bekümmert gefragt:

»Hab' ich dir wehgetan, Onkel Florestano?«

»Nein, Carluccio, wieso?«

Darauf mein Kleiner, naiv:

»Ich bin doch auf deinen Schatten getreten, Onkel Florestano!«

Aber nicht doch: soweit nicht, mein armer Carluccio! Da bist du wirklich ein Dummerchen gewesen. Auf dem Schatten, weißt du, auf dem Schatten darf man herumtrampeln: Onkel Florestano und deine liebe Mama werden eines Tages auf dem Schatten deines Papas herumtrampeln, in der Gewißheit, ihm nicht wehzutun, da sie sich zu seinen Lebzeiten wohl gehütet hätten, ihm auch nur auf den Fuß zu treten.

Was für ein Höflichkeitswettbewerb zwischen uns dreien! Und doch, was für ein liebenswürdiges Martyrium. Als armer Kranker möchte ich mich am liebsten gehen lassen, wie mir gerade zumute ist; statt dessen muß ich mich zusammennehmen, um ihnen so wenig wie möglich zur Last zu fallen, ihnen, die mir andernfalls noch viel mehr Rücksichtnahme und Aufmerksamkeiten entgegenbringen würden, die mir Widerwillen und zuweilen sogar Grauen einflößen. Vielleicht bin ich im Unrecht. Aber dieses Schauspiel exquisiter Höflichkeit, unserer ständigen Förmlichkeiten an der Schwelle zum Tode erscheint mir wie eine ekelhafte Posse. Mit Glacéhandschuhen und unzähligen Komplimenten fühle ich mich von ihnen sanft zu dieser Schwelle gedrängt; und nun kommt es mir vor, als verneigten sie sich vor mir und sagten mit gewinnendem Lächeln auf den Lippen:

»Bitte, gehen Sie hinüber. Gute Reise! Und seien Sie versichert, daß wir Sie, den so Guten, so Klugen, so Vernünftigen stets in Erinnerung behalten werden!«

Man hat mich gelehrt, daß man ehrlich sein soll. Ehrlich? Aber Ehrlichkeit hieße in diesem Punkt für mich nichts anderes als *töten*. Gott bewahre! Wer hält mich davor zurück?

Sprechen wir ein wenig ernsthaft. Wenn ich keinen Glauben hätte, wenn ich nicht an Gott glaubte, dann schon; wenn ich tatsächlich glaubte, daß der Tod das Ende alles Zukünftigen auch für die Seele sei und daß mich, ohne Boden unter den Füßen, nichts als Leere aufnehmen würde, meint ihr, ich würde Florestano in diesem Fall nicht umbringen?

Wenn ich mir in gewissen Nächten in meiner Schlaflosigkeit vorstelle, daß er sich in mein Bett legen wird, dorthin, auf meinen Platz, mit all meinen Rechten auf meine Frau und das Meinige: wenn ich mir vorstelle, wie in dem Bettchen im Zimmer nebenan mein kleiner Sohn, mein kleines Waisenkind in manch einer Nacht vielleicht weinen und nach seiner Mutter rufen wird, und meine Frau zu ihm eilen und nachsehen möchte, was mein weinender Kleiner hat, und er vielleicht sagen wird: »*Aber nicht doch, Liebling, laß ihn weinen; geh nicht aus dem Bett; du wirst dich noch erkälten!*«, dann, ich schwör's euch, könnte ich Florestano umbringen!

Statt dessen betrachte ich Nacht für Nacht, während ich am Fenster sitze, lange und in völliger Ruhe den Himmel. Da oben gibt es einen winzigen Stern, auf dem verweile ich mit meinem Blick und sage oft mit einem Seufzer zu ihm:

»Warte auf mich, ich komme!«

Und zu ihr, zu Eufemia, die die Tochter eines Freidenkers ist und sich darauf zugute hält, nicht an Gott zu glauben, sage ich oft:

»Törin, glaub an ihn: es gibt einen Gott! Und bedank dich bei ihm, hörst du! Bedank dich bei ihm.«

Eufemia sieht mich an, als käme es ihr sonderbar vor, daß ich, Luca Lèuci, so etwas sagen kann, ich, der ich — wie sie meint — wahrhaftig in keiner Weise verpflichtet wäre, an Gott zu glauben, der mich schlecht behandelt, weil er mich so früh sterben läßt. Aber sie wird ihm noch danken, wenn sie diese Zettel in die Hände bekommt, falls sie ihren Florestano von Herzen liebt.

Ich bin schon der Ansicht, daß es hier das beste wäre, möglichst bald zu sterben. Bisweilen sehe ich, wie Florestano sich mit Blicken und Seufzern bemüht, meiner Frau die Wünsche kundzutun, die ihn quälen, den Ärm-

sten! Dann stelle ich mir vor, wie meine Frau, ihr schö-
nes, blondes Haupt zärtlich an seine breite, mächtige
Brust gelehnt, die langen, rötlichen Haare seines präch-
tigen Schnauzbarts sachte, ganz sachte liebkost, sie mit
zwei Fingern aufwärts streichend ... O Wollust! Hab
auch du Geduld, meine liebe Eufemia! Und gewisse
Wörtlein des Nachts, wie du sie, mich umarmend, mir
gesagt, die wirst du bald wiederholen, wirst sie auch zu
ihm sagen, fast unwissend, daß du sie sagst:

»Mein Schatz ... Ach, Lieber ... ja, ja ... Lieber,
Lieber.«

Lachen muß ich, ja, lachen. Dann fragen mich alle
beide verdutzt, was es denn zu lachen gäbe: ich mache irgendeine witzige Bemerkung, und Florestano meint
daraufhin:

»Du *wirst noch alt werden*, lieber Lèuci, Spaßvogel,
der du bist!«

Doch oft bringe ich es auch nicht über mich, ein *Spaßvogel* zu sein, wie mein Freund behauptet. Mein Witz wird
bissig, ohne daß ich es will, und Florestano, der sich mit
mir im Wagen befindet, leidet unter meinen Worten. Ich
sage zu ihm:

»Wäre sie nicht äußerst mißlich, lieber Florestano, ich
würde dir vorschlagen, dich für einen kleinen Augenblick in meine Lage zu versetzen. Ich versichere dir, es
würde auf dich denselben sonderbaren Eindruck machen wie auf mich, das Leben so zu sehen, wie es für die
anderen sein wird, in der Gewißheit, daß es schon bald,
vielleicht schon, während du dies aussprichst, für dich
zu Ende sein wird; und daran denken zu können, was
die andern vernünftigerweise tun werden, wenn du
selbst nicht mehr da bist.«

Meine Rede ist deutlich, aber Florestano tut, als ver-
stünde er nicht. Und ich fahre fort:

»Lieber Florestano, ich weiß zum Beispiel, daß du mir

einen Kranz aus Porzellan aufs Grab legen wirst, wenn ich darin ruhe.«

Florestano widerspricht heftig, und so schweige ich, und eingefallen und blaß und niedergeschlagen wie ich bin, schicke ich mich an, aus dem Winkel der Droschke, die im Schritt über die luftigen Alleen des Ianiculum rollt, die Lieblichkeit der untergehenden Sonne zu betrachten; das Leben, wie werden die anderen es wohl kosten, auch das bittere, was tut's? Dieser kräftige, vollblütige Mann hier, der neben mir sitzt und seufzt: und, ohne mich dann, ebenso mein kleiner Junge, der eines Tages, bald schon, nicht mehr wissen wird, wer ich war, wie ich war!

»Papa . . .«

Und Florestano wird sich umdrehen und ihm barsch erwidern:

»Was willst du?«

Der Mann deiner Mutter, Carluccio, der nicht dein richtiger Vater ist. Denkst du daran?

Und doch, Carluccio, das Leben ist so schön . . . so voll . . .

Wer die Zeche bezahlt

Schon drei Nächte lang schlief Oheim Neli Sghembri im Freien, auf dem Stroh, das nach dem Dreschen auf der Tenne liegengeblieben war; er schlief dort, um die Tiere zu bewachen, ein Maultier und zwei kleine Esel, die nebenan die Stoppeln ausrupften.

Das Stroh war naß vom Tau, oder, wie Oheim Neli sagte, von den Tränen der Sterne. Die Grillen läuteten ringsum, und der sanfte und deutliche Wohlklang ihres Konzerts war Erholung nach dem schabenden, trocknen, harten, monotonen Kratzen der Zikaden, das den ganzen Tag über die Ohren betäubt hatte.

Und doch war dem Alten, der da auf dem Rücken lag, traurig zumute. Er blickte zu den Sternen auf und schloß hie und da die Augen und seufzte.

Er dachte daran, wie das Schicksal ihn betrogen hatte: von all dem, was er sich als junger Mann erhofft, war ihm nichts zuteil geworden; und als er alt war, hatte es ihm noch fast alles von dem Wenigen genommen, was er ohne Verlangen besessen hatte. Obendrein war ihm vor vier Jahren die Frau gestorben, die er noch brauchte; und er schämte sich, mit seinen grauen Haaren und seinem gebeugten Rücken um Liebe zu werben.

Während er so dalag, wie selbstvergessen unter dem schwachen, feuchten Sternenlicht, sah er vor seinen Augen das grüne Flimmern eines Leuchtkäferchens vorbeihuschen, das sich gleich darauf im Stroh neben ihm niederließ.

Bei diesem Flimmern war ihm, als rührte ihn der Himmel an, nah und doch so fern, mit einem Ruck setzte er sich auf, als sei er von einem Traum hochgefahren; doch traumhaft schien ihm statt dessen der Anblick der Dinge ringsum, verschwommen in der Nacht: sein kleines, abgeblättertes, rauchgeschwärztes Bauernhaus, das Maultier, die beiden Eselchen in den Stoppeln und weit, weit hinten die zaghaften Lichter seines kleinen Dorfes Raffadali.

Das Leuchtkäferchen saß noch neben ihm auf dem Stroh. Oheim Neli fing es und betrachtete es auf seiner schweren, schwieligen Handfläche, wo es noch einen schwachen, grünen Schein verbreitete, er meinte, daß dieses »Schäferlichtchen« aus der schönen, fernen Jugendzeit zu ihm gekommen sein müsse; vielleicht war es dasselbe, das sich an einem Juniabend vor mehr als fünfundvierzig Jahren, auf einer Tenne wie dieser, beim Flug im schwarzen Haar von Trisuzza Tummínia verfangen hatte, die mit anderen jungen Ährenleserinnen aus Raffadali zusammen die Nacht im Freien zugebracht hatte, um beim Mondschein, zum Klang der Tamburine das Ende der Mahd mit einem Tanz zu feiern.

Wie war Trisuzza Tummínia erschrocken über dieses Insekt, das sich in ihrem Haar verfangen hatte und von dem sie nicht wußte, daß es ein »Schäferlichtchen« war! Er war hinzugetreten, hatte das Leuchtkäferchen ganz vorsichtig mit zwei Fingern aus ihrem Haar genommen, es ihr gezeigt und zu ihr gesagt, als improvisierte er ein Ritornell:

»Ein Licht, seht Ihr? Es kam, Eure Stirn mit einem Stern zu schmücken!«

Damals hatte er begonnen, mit Trisuzza Tummínia zu gehen, als die Welt noch eine andere war! Doch ihrer beider Verwandtschaft hatte sich der Hochzeit widersetzt, wegen einer alten Familienfehde; dann hatte Trisuzza einen andern genommen; und er eine andere; über fünfundvierzig Jahre waren vergangen; und nun war er Witwer, auch sie war seit zehn Jahren Witwe ... Warum war dieses Leuchtkäferchen zurückgekehrt? Warum hatte es sein Licht vor seinen Augen flimmern lassen? Während er sich so traurig und verlassen gefühlt hatte? Und warum hatte es sich auf das sternenfeuchte Stroh neben ihn gesetzt?

Oheim Neli zog ein Stück Papier aus der Tasche und wickelte es sorgfältig darin ein. Noch ein gut Teil der Nacht sinnierte er darüber und lächelte vor sich hin; als er am nächsten Morgen auf dem Saumpfad ein kleines Mädchen daherkommen sah, das vom Felde nach Raffadali wollte, rief er es zu sich an den Heckenzaun:

»Nicu', Nicuzza, hör mal!«

Seine Augen lachten, und auch sein Mund wollte lachen. Er legte sich den Handrücken auf die Lippen in seinem stoppeligen Gesicht.

»Sag mal, du kennst doch die Muhme Tresa Tumminía?«

»Die mit der Sau?«

Der Alte runzelte beleidigt die Augenbrauen. Jawohl! So, als *die mit der Sau*, war Tresa Tumminía jetzt in Raffadali bekannt! Und das, weil sie seit vielen Jahren schon mit überschwenglicher Liebe eine Sau von so unwahrscheinlicher Fettleibigkeit aufzog, daß sich das Vieh schon nicht mehr auf den Beinen halten konnte. Nunmehr allein, nachdem der Mann gestorben und die Kinder verheiratet, hatte sie nur noch die Gesellschaft dieser Sau, und wehe dem, der das Ansinnen gestellt hätte, das Tier zu schlachten! Sie beugte sich über sie, um sie an der Stirn zu kraulen, und die Sau, rosig und schlammbesudelt, den Wanst auf das Stroh gestreckt, grunzte wohlig bei dieser Liebkosung, räkelte den ganzen Leib, verzog den Rüssel wie zu einem Lächeln und streckte ihr den Hals entgegen. Allen Leuten erschien dieses Wohlbehagen als Ärgernis, und allen war es ein Dorn im Auge, weil dieses Vieh, das dem Schlachten entzogen war, ohne jede Mühe immer fetter wurde. Warum wurde es dann überhaupt noch fett?

»Ja, die Muhme Tresa«, sagte Oheim Neli zu dem Mädchen. »Du kennst sie doch? Also, schau her: in diesem Stückchen Papier ist ein Schäferlichtchen. Paß auf, daß es nicht wegfliegt, und zerdrück es auch nicht! Bring's der Muhme Tresa und sag ihr, der Oheim Neli Sghembri schickt es ihr; es ist dasselbe — so sollst du ihr sagen — wie vor vielen, vielen Jahren! Bring mir heute abend ihre Antwort, ich geb dir dafür einen Topf Bohnenbrei. Geh jetzt!«

Na, er war zwar schon dreiundsechzig Jahre alt; aber kräftig und zäh wie ein Olivenstamm; und Muhme Tresa war ebenfalls noch frisch wie eine ungepflückte Puffbohne, von guter Gesundheit, vollblutig, blühend.

Am Abend kam das kleine Mädchen mit der Antwort:

»Muhme Tresa sagt: das Haar ist weiß und das Lichtchen leuchtet nicht mehr.«

»So hat sie dir gesagt?«

»Ja, so hat sie gesagt.«

Am andern Tag begab sich Oheim Neli, frisch rasiert wie ein Freier und im Sonntagsanzug, nach Raffadali zur Muhme Tresa Tumminía, um ihr zu erklären, daß er das Schäferlichtchen noch lebendig im Herzen trüge, lebendig und grün, wie er es damals gleich einem Stern auf ihrer Stirn habe leuchten sehen.

»Machen wir Hochzeit und schlachten wir die Sau!«

Muhme Tresa stemmte ihm beide Hände gegen die Brust und stieß ihn zurück.

»Wenn Ihr Euch nicht gleich fortschert, widerlicher, dummer Alter!«

Aber sie lachte dabei. Kein Wort vom Schlachten der Sau. Aber, was die Hochzeit betraf . . . warum eigentlich nicht?

Und so wollte es das Schicksal. Wie einst die Väter, so widersetzten sich jetzt die Kinder des einen und der anderen ihrer Hochzeit.

Aber diesmal kümmerten sich die beiden Alten nicht darum. Jetzt hatten sie selber zu bestimmen. Nach außen taten sie beleidigt; aber im Grunde war's ihnen recht, weil dieser Kampf ihrer Hochzeit einen Hauch von Jugend verlieh. Es war wirklich ein Spaß zu hören, wie diese Kinder ihnen Vernunft und Anstand predigten.

Jeder von ihnen hatte vier, aus erster Ehe: Tresa Tumminía lauter Söhne; Oheim Neli zwei Söhne und zwei Töchter. Die von Tresa waren alle vier schon gut verheiratet und hatten das schöne väterliche Erbe zu gerechten Teilen bekommen; Oheim Neli hatte noch eine Tochter bei sich, Narda, auch sie schon im heiratsfähigen Alter.

Um die Kinder zum Schweigen zu bringen, trafen die beiden Alten vor ihrer Hochzeit eine notarielle Regelung über das, was ihnen verblieben war, damit die Interessen der einen wie der andern bei einem eventuellen Todesfall gewahrt blieben. Auf diese Weise hofften sie, die Feindschaft zu beseitigen, die vom ersten Augenblick an zwischen ihnen entflammt war; doch umsonst. Am unversöhnlichsten blieben die Kinder von Oheim Neli, die doch am meisten abbekommen hatten, da der Alte nicht nur den Besitz seiner verstorbenen Frau, sondern auch den seinen hergegeben hatte, entschlossen, solange er konnte, von seiner Hände Arbeit zu leben, vom Ertrag des Grundbesitzes seiner zweiten Frau und auch von dem seiner Tochter Narda, solange diese bei ihm bleiben würde.

Besonders die älteste der Töchter, Sidora, die durch ihre Heirat jetzt Petronella hieß, schäumte vor Wut. Und wenn sie mit ihrem Mann, mit den Schwägerinnen und mit den Brüdern Saru und Luzzu auf die arme Narda zu sprechen kam, die mit der Stiefmutter zusammenwohnte, so sagte sie:

»Soll mir die Zunge von Würmern zerfressen werden; aber ihr werdet sehen, die alte Hexe läßt sie noch zur alten Jungfer auswachsen. Und wenn der Königssohn selbst um sie werben sollte, wird sie noch sagen, daß ihr die Partie nicht gut genug ist!«

So redete sie, weil die alte Tresa Tumminía ihrer Meinung nach niemals zulassen würde, daß ihr Mann nach der Fortgabe von Nardas Mitgift von dem Ihren leben würde.

Den Nachbarinnen, die zu ihr kamen und ihr von allen Freundlichkeiten erzählten, die Muhme Tresa der Narda erwies, und wie man sie schwerlich einer leiblichen Tochter erweisen würde: goldene Ohrringe, goldene Fingerringe, Korallenketten, Seidentücher — Kopftücher und Halstücher —, seidene Umhänge mit vier Finger breiten Fransen, Schuhe aus Kalbsleder mit hohem Absatz und Lackverzierung; kurz und gut, Dinge, die kaum zu glauben waren; diesen Nachbarinnen erwiderte sie, blaß vor Wut:

»Ach! Dumme Gänse seid ihr! Begreift ihr denn nicht, daß sie das nur macht, um sie zu ködern? Sie will sie mästen und im Haus behalten wie ihre Sau!«

Sie war verblüfft, als jene kamen und ihr sagten, daß die Schwester heiraten solle. Und was für eine gute Partie! Eine ganz vortreffliche Partie, eingefädelt von Muhme Tresa selbst: Pitrinu Cinquemani, kein geringerer als er! Ein Goldjunge, Schwager des ältesten Sohnes; Pitrinu Cinquemani, dieses Mannsbild wie ein Fahnenmast, mit Grundbesitz und Last- und Arbeitstieren.

»Ach, ja? Wirklich? Sieh einer an!« sagte sie da, um vor diesen Klatschweibern nicht klein beizugeben, die sich über ihren Verdruß nur gefreut hätten. »Pitrinu Cinquemani? Das freut mich aber für die arme Narda! Das freut mich wirklich!«

Weder sie noch die beiden Brüder hatten die Schwester je besucht, seit sie bei der Stiefmutter wohnte. Und doch lag der Hof Saru's, des ältesten der Geschwister, fast nur einen Flintenschuß von dem der Muhme Tresa entfernt, so daß man vom *Hab und Gut* her, zwischen den Feigen- und Mandelbäumen hindurch, nicht nur den Verschlag im Hof der Stiefmutter sehen konnte, wo die Futterstelle der Tiere war, sondern auch die Hühner zählen, die auf dem Mist scharrten. Sie hatten nichts mehr von ihr wissen wollen, seit Narda, von der Stiefmutter Freundlichkeiten und Geschenken geködert, ganz auf ihrer Seite stand, auf ihrer und der Stiefbrüder Seite, die sie sich, da sie ohne Schwester aufgewachsen, gegenseitig streitig machten und die sie mit Aufmerksamkeiten überhäuften.

Am Vorabend der Hochzeit kam Oheim Neli mit düsterer Miene zu Saru's Hof und kratzte sich die stacheligen Borsten am Kinn, die schon wieder sprießten. Er sprach zum ältesten Sohn, damit dieser seine Rede auch den andern überbringe, und er sprach mit dem Blick zur Erde: »Die Jahre sind karg, meine Kinder, und wir sind alle arme Teufel. Gott weiß, daß ich euch zur Hochzeit eurer Schwester Narda alle bei mir haben möchte, um ein großes Fest zu machen. Aber was läuten die Glocken von Raffadali? Sie läuten: *Wo-mit? wo-mit? wo-mit?* Alles habe ich hergegeben, jetzt bin ich wie Christus an der Martersäule. Mehr kann ich nicht. Eben noch das unbedingt Notwendige, das ist alles. Wenn ihr kommt, die Verwandtschaft der Braut, wird Pitrinu Cinquemani verlangen, daß auch seine Verwandtschaft kommt, und die steht auf Tresa's Seite, das wißt ihr; und zwischen euch ist kein gutes Blut. So haben wir beschlossen, daß niemand kommen soll, sie nicht und ihr nicht. Ich und

Tresa werden dabeisein für die Braut, und dazu nur noch Vater und Mutter des Bräutigams. Nicht mehr als gerade notwendig.«

Saru, auch er mit gesenkten Augen und die Hand am Kinn, hörte sich die offenbar auswendig gelernte Rede des Vaters an; am Ende sagte er:

»Wir wollen uns nichts vormachen, Vater. Ihr seid der Herr; wir sind von Euerm Blut und so richten wir uns nach Euch. Aber nicht uns allein soll verboten sein zu kommen. Vater, ich sag Euch: das würde ein böses Ende nehmen!«

Der Alte rieb sich noch eine Weile das Kinn, ohne die Augen zu heben und mit gerunzelter Stirn.

»Was mich betrifft, meine Kinder, ich hab denen sagen lassen, sie sollen nicht kommen, gerade weil ich's jetzt euch sage, daß ihr nicht kommen sollt.«

»Und wenn einer von denen doch kommt?«

Der Alte erwiderte nichts. Sein Schweigen ließ klar erkennen, daß er, falls jemand von den andern käme, nicht wüßte, wie er sich verhalten solle.

»Schon gut, Vater«, sagte Saru daraufhin. »Geht nur, geht. Das soll unsere Sorge sein.«

Und er schaute seinem Vater nach, wie er fortging und sich dabei mit zwei Fingern am linken Ohrläppchen zupfte. Und als er in sein *Hab und Gut* zurückgekehrt war, holte er aus seinem Quersack, der am Nagel hing, ein Riesenmesser, eines von denen, die »Speckschneider« genannt werden; unter dem Tisch holte er den Schleifstein hervor; er benetzte die Messerschneide; dann setzte er sich auf die Türschwelle, den Stein zwischen den Knien, und machte sich ans Schleifen.

Seine Frau rief ihn erschrocken dreimal an, ohne eine Antwort zu bekommen; die Hände in den Haaren und die Augen voller Tränen beschwor sie ihn schließlich:

»Heilige Muttergottes! Mein Saru, was hast du vor?«

Mit erhobenem Messer sprang Saru wie ein wildes Tier auf die Beine:

»Gottverdammt, halt dein Maul, oder ich fang mit dir an!«

Da zog sich seine Frau mit beiden Händen die Schürze vors Gesicht, um das Schluchzen zu ersticken, und verkroch sich in einer Ecke. Saru schliff weiter an dem großen Messer, unter den Augen seiner drei Kinder, die schweigend um ihn herum hockten. Im Hof von Muhme Tresa krähte der Hahn, sogleich antwortete ihm auch hier der Hahn, das eine Bein erhoben, und schüttelte den blutroten Kamm.

»Eins . . . zwei . . . drei . . . vier! . . . fünf! . . . sechs! . . .«

Schon sechs prunkvoll aufgezäumte Maultiere an der Futterstelle unter dem Verschlag im Hof gegenüber! Da standen sie, man konnte sie gut im Mondlicht erkennen, alle sechs, eines neben dem andern.

Vor dem Eingang zu seinem *Hab und Gut* zählte Saru die Tiere, er verrenkte seinen Hals, um sie zwischen den Bäumen hindurch sehen zu können, und erbebte.

Schon sechs. Andere würden vielleicht noch folgen.

Es sollte wohl ein großes Fest werden. Alle Söhne der Stiefmutter und ihre Frauen und Kinder, alle, alle die andern waren geladen worden. Nur sie, die engsten Verwandten, die Brüder und die Schwester der Braut, sie hatte man ausgeschlossen. Vielleicht waren sie drüben gerade beim Festmahl, dem später Musik und Tanz folgen sollten.

Er hatte seine Jacke ausgezogen und über den Arm gelegt, um das frisch geschliffene Messer darunter zu verbergen. Drinnen, in seinem *Hab und Gut*, sahen ihm seine Frau nach und Niluzzu, sein ältester Sohn, aufmerksam und zitternd. Kurz zuvor hatte er seine Frau geheißen, Feuer anzumachen und den großen Kessel mit Wasser aufzusetzen. Und die Frau, vor Schrecken fast von Sinnen, hatte gehorcht, ohne zu begreifen, was er mit dem großen Kessel kochenden Wassers vorhabe.

»Heilige Muttergottes!« betete sie. »Sende uns jemanden zu Hilfe! O heilige Muttergottes, besänftige sein Blut und seinen Sinn!«

Draußen im hellen Mondenschein zirpten die Grillen leise ihre langen, durchdringenden, schier gleißenden Kadenzen.

»Niluzzu!« rief der Vater plötzlich. »Lauf schnell zu deiner Tante Sidora rüber; und zu deinem Onkel Luzzu; und sag ihnen, daß sie gleich zu mir kommen sollen: Mann, Frau, Kinder, alle sollen kommen. Hast du verstanden? Lauf jetzt!«

Doch Niluzzu rührte sich nicht von der Stelle und starrte erschrocken auf seinen Vater, den Arm schützend über den Kopf gestreckt, als erwarte er Schläge.

»Papa, ich hab' Angst. Papa . . .«

»Angst? Dummer Bengel!« fuhr ihn der Vater an und schüttelte ihn. Dann wandte er sich seiner Frau zu: »Geh auch du! Begleite ihn! Und kommt bald wieder, alle!«

Die Frau wagte, ihn noch einmal mit tränenerstickter Stimme zu fragen:

»Aber was hast du denn vor, mein Saru? Um Gottes Willen!«

Saru legte einen Finger auf den Mund und bedeutete seiner Frau sodann mit derselben Hand und befehlerischer Geste zu gehorchen.

Kurz darauf machte auch er sich vorsichtig auf den Weg zum Hof des gegenüberliegenden Anwesens, wobei er, im Mondlicht, bald unter diesem, bald unter jenem Baum Deckung suchte. So erreichte er den letzten, kleinen Feigenbaum, genau vor dem Hof. Das Herz schlug ihm bis zum Halse, und in seinen Schläfen hämmerte das Blut. Beim Prusten eines der Maultiere an der nahen Futterstelle fuhr er zusammen. Der warme, fette Mistgeruch stieg ihm in die Nase, und in seine Ohren drang das laute Stimmengewirr, Lachen und Tellerklappern der Schmausenden im *Hab und Gut* der Stiefmutter. Er streckte spähend seinen Kopf durch die Zweige des Feigenbaums. Niemand war im Hof, außer den sechs noch wohlgezäumten Reittieren, und weiter drüben, neben dem Eingang zum *Hab und Gut*, die riesige Sau.

Die lag da, den Rüssel auf den Vorderbeinen, mit herabhängenden Schlappohren und halb geschlossenen Augen, wie in wohliger Betrachtung des erfrischenden, köstlichen Mondscheins. Von Zeit zu Zeit seufzte sie; doch war es ein Seufzen der Zufriedenheit über ihre gesicherte, glückselige Fülle.

Leise und gebückt huschte Saru hinter sie; ganz langsam streckte er seine Hand nach ihrer Stirn aus und kraulte sie sanft. Als das Tier sich beim Kraulen streckte, den Rüssel wie zu einem Lächeln verzog, zur gewohnten Liebkosung der Herrin, und schließlich von allein den Hals darbot, stieß ihm Saru augenblicks mit der anderen Hand das Messer bis ins Herz.

Mit der riesigen Last kehrte er zu seinem *Hab und Gut* zurück, fast gleichzeitig mit seiner Frau und seinem Sohn, gefolgt von der gesamten, aufgeschreckten Verwandtschaft.

»Seid still, bei der Madonna!« herrschte er sie an, während er sich keuchend der Last entledigte, atemlos und blutverschmiert von Kopf bis Fuß. »Jetzt werden auch wir feiern, und besser als sie! Ein Viertel für jeden von euch, und zwei Viertel für mich, das hab ich mir schließlich verdient! Aber wartet! Kommt her und helft mir, das Vieh auszuweiden! Luzzu, du hältst hier fest! Und du, Sidora, hier! Niluzzu, du holst den großen runden Teller aus dem Spind! Die Leber will ich der Alten geben, jawohl! Ruhe! Die Leber für die Alte!«

Er schnitt das Tier der Länge nach auf; holte die Leber

heraus, wusch sie eilig in einer Schüssel und legte sie dann, säuberlich zusammengefügt, glänzend und zuckend in einem Stück, auf den Teller, den er dem Sohn überreichte:

»Geh jetzt zu deinem Großvater, Niluzzu, und sag ihm: Papa Saru schickt mich mit diesem Geschenk für Mama Tresa und bittet, sie soll die Sau grüßen!«

Das vertauschte Kind

Die ganze Nacht hindurch hatte ich es schreien hören, und in einer tiefen, verlorenen Stunde zwischen Schlaf und Wachen hätte ich nicht mehr zu sagen vermocht, ob diese Schreie tierisch oder menschlich waren.

Am darauffolgenden Morgen hörte ich von den Frauen der Nachbarschaft, daß es die Verzweiflungsschreie einer Mutter gewesen seien (einer gewissen Sara Longo), der man, während sie schlief, ihren drei Monate alten Sohn geraubt und mit einem andern vertauscht hätte.

»Geraubt? Wer hat ihn denn geraubt?«

»Die ›Frauen‹!«

»Die Frauen? Welche Frauen denn?«

Sie erklärten mir, daß diese »Frauen« Nachtgeister seien, Hexen der Luft.

Verblüfft und verärgert fragte ich:

»Was denn? Und die Mutter glaubt das wirklich?«

Die braven Gevatterinnen waren noch so erschüttert und entsetzt, daß sie mir mein Staunen und meine Verärgerung übelnahmen. Sie riefen mir ins Gesicht, als wollten sie auf mich losfahren, daß sie bei den Schreien, halb bekleidet, wie sie gerade waren, ins Haus der Longo gerannt seien und *gesehen* hätten; mit ihren eigenen Augen hätten sie das vertauschte Kind auf dem gepflasterten Fußboden vor dem Bett gesehen. Der Longo kleiner Sohn war weiß wie Milch und blond wie Gold gewesen, kurzum, ein Christkind; dieser dagegen war schwarz, schwarz wie eine Leber und häßlicher als ein Affe. Sie hätten auch erfahren, wie es sich zugetragen hatte, von der Mutter, die sich noch die Haare raufte: daß sie nämlich im Schlaf etwas wie ein Weinen gehört habe und aufgewacht sei; vergebens habe sie ihren Arm im Bett ausgestreckt, um den kleinen Jungen zu ertasten; da sei sie aus dem Bett gesprungen, habe Licht gemacht und dort, auf dem Boden, statt ihres Jungen, dieses kleine Ungetüm gesehen, das sie vor Grauen und Abscheu nicht einmal habe anrühren können.

Dabei war er noch ein Wickelkind, der kleine Sohn der Longo. Nun, wenn ein Wickelkind durch die Unachtsamkeit der schlafenden Mutter hinunterfällt, kann es dann so weit weg fallen und noch dazu mit den Füßchen zum Kopfende des Bettes, also genau umgekehrt wie es eigentlich hätte fallen müssen?

Es war also offensichtlich, daß die »Frauen« bei Nacht ins Haus der Longo eingedrungen waren und ihr Kind vertauscht hatten; das schöne hatten sie mitgenommen und das häßliche ihr zum Tort dagelassen.

Oh, wie oft spielten sie den armen Müttern solche Streiche! Sie nahmen die Kinder aus der Wiege und legten sie auf einen Stuhl in ein anderes Zimmer; sie hexten ihnen über Nacht krumme Beinchen und Schielaugen an!

»Da, sehen Sie! Sehen Sie doch her!«, schrie mich eine der Frauen an und packte erregt den Kopf ihres kleinen Mädchens, das sie im Arm hielt, und drehte ihn um, damit ich mir im Nacken das Zöpfchen betrachten sollte, das man auf keinen Fall abschneiden oder auch nur entflechten durfte: das arme Wesen würde sterben daran. »Was glauben Sie denn, was das ist? Ein Zopf, aber ein Zopf von den ›Frauen‹, jawohl, die nachts ihren Schabernack an den Köpfen der armen kleinen Mädchen treiben!«

Da ich es für zwecklos hielt, die Frauen angesichts eines so handgreiflichen Beweises von ihrem Aberglauben abbringen zu wollen, bekümmerte mich nun das Geschick jenes kleinen Jungen, der Gefahr lief, ein Opfer eben dieses Aberglaubens zu werden.

Für mich gab es keinen Zweifel, daß er über Nacht irgendeiner Krankheit anheimgefallen war; vielleicht ein Anfall von Kinderlähmung.

Ich fragte, was die Mutter jetzt zu tun vorhabe.

Sie antworteten, man habe sie mit Gewalt zurückhalten müssen, weil sie alles im Stich lassen, aus dem Haus laufen und sich aufs Geratewohl wie eine Wahnsinnige auf die Suche nach ihrem Sohn hatte begeben wollen.

»Und das kleine Geschöpf?«

»Sie will nichts sehen und nichts hören von ihm!«

Eine der Nachbarinnen hatte ihm, um es am Leben zu erhalten, ein wenig eingeweichtes Brot mit Zucker zu lutschen gegeben, in einen Lappen gewickelt, der wie eine Brustwarze geformt war. Und sie versicherten mir, daß sie um Gottes Barmherzigkeit willen Entsetzen und Abscheu überwinden und es versorgen würden, einmal die eine und einmal die andere. Was man, Hand aufs Herz, zum mindesten in den ersten Tagen nicht von der Mutter verlangen konnte.

»Sie wird es doch nicht verhungern lassen?«

Ich überlegte schon, ob es nicht ratsam wäre, die Polizei auf diesen sonderbaren Fall aufmerksam zu machen; da erfuhr ich noch am Abend desselben Tages, daß sich die Longo ratsuchend zu einer gewissen Vanna Scoma begeben hatte, die im Rufe stand, mit jenen »Frauen« in geheimnisvoller Beziehung zu stehen. Es hieß, die Hexen kämen in stürmischen Nächten, um sie von den Dächern der umliegenden Häuser zu rufen und auf ihren Streifzügen mitzunehmen. Sie blieb auf einem Stuhl sitzen, mit Kleid und Schuhen, wie eine abgelegte Puppe; während ihr Geist mit den Hexen auf und davonflog, wer weiß, wohin. So viele konnten es bezeugen, die gehört hatten, wie auf ihrem eigenen Hausdach etwas mit langgezogener, klagender Stimme gerufen hatte: »Muhme Vanna! Muhme Vanna!«

Sie war also ratsuchend zu dieser Vanna Scoma gegangen, die ihr zunächst (versteht sich) nichts hatte sagen wollen; dann aber, immer wieder angefleht mit ringenden Händen, ließ sie doch durchblicken, daß sie den kleinen Jungen »gesehen« habe.

»Gesehen? Wo?«

Jawohl, gesehen. Wo, könne sie nicht sagen. Doch die Mutter könne beruhigt sein, dem Kind ginge es gut, da, wo es sich jetzt befände, vorausgesetzt freilich, daß auch sie gut zu dem kleinen Geschöpf wäre, das ihr durch den Tausch zuteil geworden: und vor allem, je liebevoller sie sich dieses kleinen Jungen annähme, desto besser erginge es ihrem eigenen.

Ich war zugleich voll von Staunen und Bewunderung für die Weisheit dieser Hexe. Die, um wirklich gerecht zu sein, ebensoviel Grausamkeit wie Barmherzigkeit gezeigt und die Mutter dadurch für ihren Aberglauben bestraft hatte, daß sie sie zwang, aus Liebe zu ihrem eigenen, fernen Kind den Abscheu zu überwinden, den sie für dieses hier empfand, den Widerwillen, ihm die Brust zu reichen; und die ihr schließlich nicht alle Hoffnung genommen hatte, ihr Kind eines Tages doch noch wiederzubekommen, das inzwischen andere Augen, wenn auch nicht die ihren, weiterhin so gesund und schön sahen, wie es gewesen war.

Daß die Hexe indessen, wie wohl feststehen dürfte, diese zugleich grausame wie barmherzige Weisheit nicht von sich gab, weil sie so gerecht war, sondern weil ihr die Besuche der Longo zum Vorteil gereichten, einmal an jedem Tag und für einen jeden soundsoviel, ob sie nun sagte, daß sie das Kind gesehen hätte oder auch nicht (und mehr noch, wenn sie sagte, sie hätte es nicht gesehen); dies alles tut ihrer Weisheit keinen Abbruch;

andererseits habe ich nicht behauptet, daß diese Hexe bei aller Weisheit keine Hexe gewesen wäre.

So nahmen die Dinge ihren Lauf, bis der Mann der Longo mit dem Schoner aus Tunis zurückkam.

Als Matrose, einmal hier und einmal dort, kümmerte er sich nur wenig um Frau und Kind. Wie er diese abgemagert und fast von Sinnen vorfand und jenes nur Haut und Knochen und nicht mehr wiederzuerkennen; und wie er von seiner Frau gehört hatte, daß sie beide krank gewesen, stellte er weiter keine Fragen.

Das Unglück kam nach seiner Abfahrt; denn die Longo wurde zu allem Überfluß tatsächlich krank. Schon wieder eine Strafe: eine neue Schwangerschaft.

Und nun, in diesem Zustand (ihre Schwangerschaften waren immer so beschwerlich, besonders in den ersten Monaten) konnte sie nicht mehr jeden Tag zur Scoma gehen und mußte sich damit begnügen, dem Unglückswurm die Pflege angedeihen zu lassen, die sie zu geben vermochte, damit es ihrem verlorenen Kind dort ebenfalls nicht daran mangele. Sie quälte sich bei dem Gedanken, daß dies nicht gerecht wäre, da sie ja von dem Tausch nichts als Schaden gehabt hätte, während ihr zuvor ob des großen Schmerzes die Milch zu Wasser geworden, sie ihm jetzt, da sie schwanger war, keine mehr würde geben können; es wäre nicht gerecht, wenn ihr eigener kleiner Sohn deshalb auch so kümmerlich aufwachsen würde wie anscheinend dieses Kind hier. Welk der kleine Hals, gelb das Köpfchen, das bald auf die eine, bald auf die andere Schulter herunterbaumelte; und bresthaft wohl auch die beiden Beinchen.

Indessen schrieb ihr Mann aus Tunis, daß seine Kameraden ihm während der Überfahrt das Märchen von den »Frauen« erzählt hätten, das jedermann kannte, nur er nicht; und er vermutete, die Wahrheit wäre eine andere, daß ihr nämlich das Kind gestorben und sie sich im Waisenhaus irgendeinen Findling als Ersatz geholt habe; er befahl ihr, diesen augenblicks zurückzubringen, denn er wolle keinen Bastard in seinem Haus. Bei seiner Rückkehr bat ihn die Frau jedoch so sehr, daß sie zwar keine Barmherzigkeit, aber doch wenigstens Duldung erreichte. Sie duldete den Kleinen ja auch, und wie! um dem andern keinen Schaden zuzufügen.

Ärger wurde es, als schließlich das zweite Kind zur Welt kam; denn jetzt dachte die Longo natürlich weniger an das erste, und demzufolge sorgte sie auch weniger für den armseligen kleinen Jungen, der ja bekanntlich *nicht der ihre* war.

Nicht etwa, daß sie ihn schlecht behandelt hätte. Jeden Morgen zog sie ihn an und setzte ihn vor die Tür auf die Straße, auf seinem wachstuchverkleideten Schaukelstühlchen, mit einem Stückchen Brot oder einem kleinen Apfel in der Tasche vorn in der Verkleidung.

Und da saß der unschuldige Kleine, mit den verstümmelten Beinchen, dem wackelnden Köpfchen und dem erdverschmutzten Haar, denn die anderen Jungen auf der Straße warfen ihm oft aus Spaß Erde ins Gesicht, dann hielt er schützend sein Ärmchen davor und gab keinen Laut von sich. Es war schon viel, wenn es ihm gelang, die Wimpern über den schmerzenden, kleinen Augen offenzuhalten. Schmutzig war er und von Fliegen übersät.

Die Nachbarinnen nannten ihn das Kind der »Frauen«. Wenn einmal ein Junge zu ihm trat, um ihn etwas zu fragen, sah er ihn an und konnte keine Antwort geben. Vielleicht verstand er ihn gar nicht. Er antwortete mit dem traurigen Lächeln kranker Kinder, das wie von weither kommt, und dieses Lächeln grub ihm Falten in die Augen- und Mundwinkel.

Die Longo trat in die Tür, das Neugeborene im Arm,

das rosig und pausbäckig war (wie das andere), und warf einen mitleidigen Blick auf den Unglückswurm, von dem man nicht wußte, was er überhaupt noch sollte; dann seufzte sie:

»So ein Kreuz!«

Ja, hie und da kamen ihr noch ein paar Tränen, wenn sie an das andere dachte, von dem ihr Vanna Scoma, nunmehr unaufgefordert, Nachricht brachte, um ihr etwas Geld aus der Tasche zu ziehen: gute Nachricht: daß ihr Sohn schön und gesund heranwachse und daß er glücklich sei.

Quellennachweis

Die hier zusammengefaßten Erzählungen sind der zweibändigen Ausgabe »Novelle per un anno« Bd. I, Arnoldo Mondadori, Mailand 1956, entnommen.

»Antwort« (Risposta) aus: »Sciale Nero« (1922).

»Die kleine Madonnenstatue« (La Madonnina), *»Der Wärmtopf«* (Lo scaldino), *»Der Schlaf des Alten«* (Il sonno del vecchio) und *»Die Vernichtung des Menschen«* (La distruzione dell'uomo) aus: »La Mosca« (1923).

»Den Tod am Leib« (La morte addosso) und *»Der böse Geist«* (Lo spirito maligno) aus: »In Silenzio« (1923).

»Der Mann meiner Frau« (Il marito di mia moglie) aus: »Tutt'e Tre« (1924).

»Wer die Zeche bezahlt« (Chi la paga) und *»Das vertauschte Kind«* (Il figlio cambiato) aus: »Dal Naso Al Cielo« (1925).

Fischer
Taschenbuch
Verlag

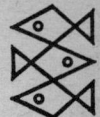

Lyrik

Fischer Taschenbuch Verlag

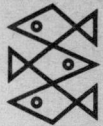

Literatur.

Fischer
Taschenbuch
Verlag

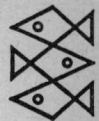

Unterhaltung.

Fischer
Taschenbuch
Verlag

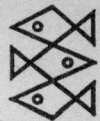

Heiteres.

Jean Cau
Bei uns zu Lande
Fröhliche Geschichten
Mit Zeichnungen von Siné
Band 1276

Ruth Dickson
Vergnügen machts mit Ehemännern
Goldene Regeln für den Umgang
mit Männern
Band 1189

Werner Finck
Finckenschläge
Gefaßte Prosa und zerstreute Verse
Ausgabe letzter Hand
Band 1032

Dan Greenburg
Grübchen am Po und anderswo
Roman
Band 1244

Gerard Hoffnung
Hoffnungs großes Orchester
Cartoons
Band 1144

Siegfried Lenz
So zärtlich war Suleyken
Masurische Geschichten
Band 312

Limericks, Limericks
Herausgegeben von Jürgen Dahl
Band 809

Mein Weib ist pfutsch
Wiener Couplets
Herausgeber: Fritz Nötzold
Band 1059

Adolf Oehlen
Astronautenlatein
Raumfahrt wie sie keiner kennt
Band 1285

Radio Eriwan antwortet
Ratschläge, Vorschläge und
Tiefschläge eines armenischen
Senders
Band 1298

Roda Roda
Schummler, Bummler,
Rossetummler
Erzählungen
Band 1143

Russische Käuze
Herausgegeben und übersetzt von
Johannes von Guenther
Band 869

Herbert Tarr
Der Himmel sei uns gnädig!
Roman
Band 1284

Friedrich Torberg
Parodien und Post Scripta
Band 998

Wo waren wir stehengeblieben ...?
Schulgeschichten
Herausgegeben von
Martin Gregor-Dellin
Band 1039

Carl Zuckmayer
Der Seelenbräu
Erzählung
Zeichnungen von Gunter Böhmer
Band 140

Fischer Taschenbuch Verlag

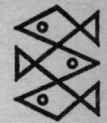

F. M. Dostojewski

Werke in Einzelausgaben
in der Übersetzung von E. K. Rahsin